暴虎の牙　下

柚月裕子

角川文庫
23496

目次

十二章　7
十三章　63
十四章　90
十五章　131
十六章　143
十七章　174
十八章　192
十九章　222
二十章　247
二十一章　261
二十二章　276
二十三章　291
エピローグ　301
解説　白石和彌　305

登場人物相関図

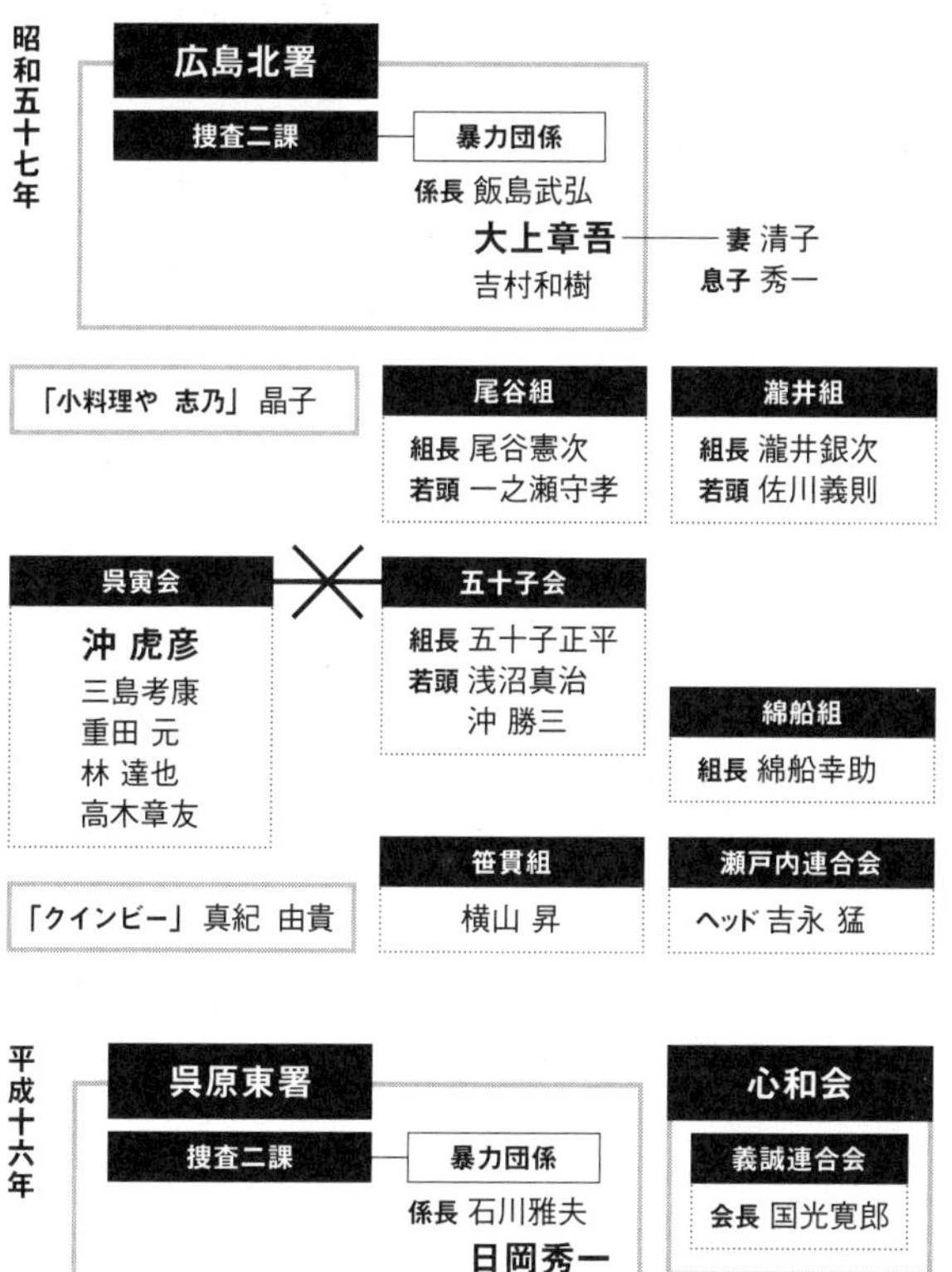
昭和五十七年
広島北署
捜査二課
暴力団係
係長 飯島武弘
大上章吾
吉村和樹
妻 清子
息子 秀一
「小料理や 志乃」 晶子
尾谷組
組長 尾谷憲次
若頭 一之瀬守孝
瀧井組
組長 瀧井銀次
若頭 佐川義則
呉寅会
沖 虎彦
三島考康
重田 元
林 達也
高木章友
五十子会
組長 五十子正平
若頭 浅沼真治
沖 勝三
綿船組
組長 綿船幸助
「クインビー」 真紀 由貴
笹貫組
横山 昇
瀬戸内連合会
ヘッド 吉永 猛
平成十六年
呉原東署
捜査二課
暴力団係
係長 石川雅夫
日岡秀一
司波翔太
心和会
義誠連合会
会長 国光寛郎
明石組
若頭補佐 峰岸孝治

十二章

スチール製のドアがノックされた。

沖(おき)の向かいに座っていた三島(みしま)が、畳から立ち上がる。ドアの覗(のぞ)き穴から訪問者を確認すると、沖を振り返った。

「元(げん)じゃ」

沖は壁の時計を見た。午後二時。三十分の遅刻だ。

元が遅れてくるのは毎度のことだ。それを見越して、元にはいつも早めに予定の時間を伝えてある。

三島が開けたドアの隙間から、元がこれもいつもどおり、ふたりの顔色を窺(うかが)う。

「沖ちゃん、みっちゃん、いつもすまんのう。今日は起きてからずっと頭痛が酷(ひど)うてのう。薬飲んで横になったんじゃが、効きがよかったんか、寝過ごしてしもうたわ」

頭の裂傷を縫った数日後には、痛みには薬よりも酒が効くとのたまい、鯨飲していた者の言い草とは思えない。

大上(おおがみ)とクインビーで会ったのは、昨夜のことだ。大上が店を出てすぐ、沖たちも解散したが、たぶんそのあと、夜が明けるまでどこぞの女と楽しんでいたのだろう。

聞き飽きた言い訳を受け流し、沖は手招きした。

「そがなとこに突っ立っとらんと、早う入れや」

元は沖と三島に何度も頭を下げながら、なかへ入った。手にしたビニール袋から、コーラの瓶を三本取り出す。よく冷えているのか、瓶に水滴が浮いている。

「これ、そこで買うてきた」

遅刻の詫びだ。

こういうところが、憎めない。

元が勝手知ったる様子で、冷蔵庫の上の栓抜きを手に取る。沖の右に座ると、コーラ三本と栓抜きを畳の上に置いた。

「真紀ちゃん、出掛けとるんか」

男同士の話があるからと、真紀にはしばらく席を外すよう、因果を含めてあった。そう言っておけば、余計な詮索はしない。良からぬ相談だろうと思っても、女関係以外のことには関知しないのが、真紀のいいところだ。

沖は短く答えた。

「マッサージじゃと」

元が下卑た笑いを浮かべる。

「いつもする側じゃけ、たまにゃァ、自分もしてもらわんとのう」

沖は目の端で元を睨んだ。

真紀とは寝るが、特別な女だとは思っていない。だが、情がないわけではない。自分が抱いている女がちゃかされたようで、癇に障った。

沖の心持ちを察したのか、三島は元の包帯頭を軽く小突いた。

元が短い悲鳴をあげる。縫った傷がまだ痛むのだろう。

なぜ小突かれたのかわからない、といった顔で、元は眉根を寄せた。口を開けて三島を見る。

三島は元の視線を無視して、沖の向かいに腰を下ろした。

灰皿を中心に、三人が輪になる。

元が栓抜きで、持ってきたコーラ瓶の蓋を開ける。

沖は瓶を受け取ると、口をつけてラッパ飲みした。二日酔いの頭に、冷えた炭酸が効く。

一気に半分ほど飲んだ元が、盛大なゲップを吐く。濡れた口元を手の甲で拭った。

「いやあ、外は超暑い。頭に包帯巻いとるけ、余計に応える。沖ちゃんみとうな帽子が欲しゅうなったわ」

そこまで言って元は、昨夜のことを思い出したのか、自分の頭を指さして沖に訊ねた。

「ほんまによかったんか、あの帽子。沖ちゃんによう似合うとったのに、あがあなデコスケなんかにやって」

沖は元に視線を向けた。

「そこよ。今日の用事は」

元は勘違いしたらしく、意気揚々と身を乗り出した。

「やっぱり、あの帽子取り返しに行くんか！」

隣で三島が、呆れたように溜め息を吐いた。

「もともと血の巡りが悪い、思うとったが、怪我して酷うなったのう」

「なんじゃと！」

元がいきり立つ。

いつもなら、ふたりのじゃれあいを静観するのだが、今日はそうはいかない。早急に相談したい問題があるからだ。事と次第によっては、すぐ動かなければならない。

腰を浮かした元の首根っこを摑むと、沖は力ずくで畳に座らせた。

「今日、お前らを呼んだんは、その大上のことじゃ。お前ら、あいつをどう思う」

「どうって……」

元は口ごもり、助けを求めるように三島を見た。

視線を受け、三島が口を開く。

「ひと言でいうて、食えんやつじゃ。はじめて会うたときからそうじゃった。いきなり横からしゃしゃり出て、場を勝手にまとめよった」

喫茶店ブルーで、笹貫組の横山たちと揉めたときのことを言っているのだ。

元が思い出した態で同意する。

「そうじゃ、そうじゃ。しかもあいつ、わしらの銭の半分を、自分の懐に入れやがった」

沖はふたりを交互に見た。

「喫茶店で会うたんは、偶然じゃァ思う。じゃが、昨日は違う。あれはわしらを探してきとる」

元は少し考え、沖に訊ねた。

「のう、沖ちゃん。なんで大上はクインビーのこと知っとったんじゃろ」

三島が、苦々しい顔をする。

「やつが蛇の道は蛇、いうとったじゃろうが。どっかから漏れたんじゃろ。問題は、それがどこか……」

三島が首を捻る。

沖にもそこがわからなかった。だから、元と三島を呼んだ。ふたりの考えを聞きたかったからだ。

いくら蛇の道は蛇とはいえ、自分たちは広島で、表立って動いておらず、顔が売れているわけではない。昨日のクインビーのママ、香澄の様子と大上との会話から、香澄本人から情報が漏れたとは思えない。

水商売の店はたいてい、組がケツ持ちしている。極道の筋から漏れた可能性も考えたが、それは打ち消した。

広島を仕切っているのは綿船組だ。沖たちが綿船組傘下の笹貫組幹部と揉めたのはついこのあいだのこと。当の横山が躍起になって、沖たちを追っている可能性は、あるにはある。

だが、面子を潰されたのは横山個人だ。組の看板をちらつかせた以上、引くに引けない立場ではあっても、組そのものが出張ってくるとは思えない。なぜなら、その場を収めたのが、マル暴の大上だからだ。ヤクザが警察に喧嘩を売るのは、今日び自殺行為だろう。

もうひとつ、組関係から情報が漏れたとは思えない理由があった。

一年前の賭場荒らしの件だ。

大上は、沖たちが賭場荒らしの張本人であっても不思議はないと、推測している。

喫茶店で匂わせたのが、その証拠だ。

もし大上が綿船組とツーカーなら、笹貫の耳にも入っているだろう。だとすれば、笹貫は遮二無二、呉寅会に追い込みをかけるはずだ。それがない、ということは、極道の筋は消える。

沖がそこまで話したとき、沖の推論を黙って聞いていた三島が口を開いた。

「やつが賭場荒らしの件を伏せて、探りを入れたことは考えられんじゃろうか」

沖もそれは考えた。だが、その可能性も低いと踏んだ。

理由は、大上がマル暴だからだ。

極道が賭場を荒らされて、警察に被害届を出せるはずがない。したがって、賭場荒らしを警察は認知していない。大上は知っているが、上層部に報告していない。していれば、警察が捜査に乗り出している。警察が捜査に乗り出せば、マスコミが報道するだろう。それもない。そもそも、大上が極道と癒着していれば、賭博行為が表沙汰になり、組の望まない結果になる。

大上がまっとうな刑事なら、さらに筋が通らない。

警察は点数を稼いでなんぼの世界だ。

大上にとって沖たちは、ついこのあいだ広島に出てきたばかりのチンピラに過ぎない。沖たちが呉原でなにを仕出かしたか摑んでいても、五十子は覚せい剤の件で被害届を出せないし、事件にしようにも証拠がない。扇山に埋めた死体の件もそうだ。

自分たちは現時点で、たいした点数にはならない。チンピラを引っ張ったところで、高が知れている。大上が極道に借りを作ってまで、探りを入れたい対象とは思えなかった。

沖がそう説明すると、三島も元も得心したように肯いた。

沖は畳に置いていた煙草を手にした。元がライターの火を差し出す。深く息を吸い込み、天井に向かって吐き出した。

——わしの仕事はのう。堅気に迷惑かける外道を潰すことじゃ。

耳の奥で、クインビーで放った大上の言葉が蘇る。

やつを信用しているわけではない。が、丸っきり嘘とも思えなかった。そう思わせるだけの重い響きが、大上の声にはあった。

ひとつひとつ潰していくと、大上が極道を利用してクインビーの情報を得たとは考えづらい。

沖は大上が気に入らなかった。横からちょっかいを出して、自分たちの嫌なところを突いてくる。油断がならない相手だ。

だが、堅気に対する考えは、大上と似通っている。

沖はいままで、ろくでもないことばかりしてきた。脅し、盗み、殺し——しかし、誰彼見境なく、襲い掛かったわけではない。

沖が狙うのは、チンピラや極道だけだ。外道がのさばっていると思うだけで、背筋が粟立ち、自分でも抑えようのない衝動に駆られる。

沖の行動の根幹は、すべてそこにある。外道に対する嫌悪と憎悪だけだ。堅気に手を出したことはない。

三島が残ったコーラを呑み干し、瓶を畳に置いた。さっきと同じ疑問を繰り返す。

「じゃったら、どこから、わしらのことが漏れたんじゃろう」

沖は三人の中心にある灰皿に、煙草の灰を落とした。

可能性は、おそらくはひとつ。

沖は目だけでふたりを見やった。

「たぶん、水商売の筋じゃ」

元が意外な顔をする。

「水商売いうても、わしらが根城にしとるんは、クインビーくらいで」

三島も同調するように、首を捻った。

「昨日の様子じゃと、ママが大上と繋がっとったとは思えん。わしらはほかの店にはほとんど行っとらんし」

沖は紫煙を吐きながら、ヤニで黄ばんだ壁を睨んだ。

「商店街の煙草屋のおばちゃん、金貸し、水商売、極道、やつはいろんなとこに顔が利く。昨日のママの顔、見たじゃろう。大上はとことん、夜の世界に食い込んどる。やつの情報網は半端じゃない」

　元はあり得ない、という顔をした。

「そうはいうても、広島にゃァ、何百軒いう店があるんで。わしらが出入りしとる一軒を探し出すいうんは、なんぼなんでも無理じゃろ」

　沖は自分の推論を述べた。

「まず取っ掛かりに、行きつけの店何軒かへ、わしらの年恰好を伝える。水商売にも横の伝達があるけ、すぐ広まるじゃろ。わしらはたいてい三人で動いとる。最近、店に顔を出すようになった三人組を知らんか、いうて情報収集する。あとは、それらしい話がある店を、虱潰しに当たる」

　大上が持っている情報網は、毛細血管なみだと、沖は推察していた。暴力団にも水商売にも、顔が売れている。横山やクインビーのママの対応を見ていればわかる。身体のどん詰まりのつま先に隠れていても、末端まで巡っている伝手という名の血管をたどって、狙った獲物の居場所を探し出す。

　あいつはそういう男だ。

　大上の言動を間近に見て、沖はそう確信していた。

　三島が納得できないという顔で、溜め息を吐いた。

「そこまでするかのう」

「するじゃろ、大上なら」

沖は即答した。

「あの刑事はのう、スッポンみとうなやつじゃ。喰らいついたら離れん。おまけに蛇みとうに執念深い。頭も切れる」

三人のあいだに、沈黙が広がる。

元が背中を丸めて、ぽつりと言った。

「大上は、笹貫や五十子が賭場を荒らしたやつが誰か感づいとる、いうとったのう」

声に不安が滲んでいる。

三島が決断を迫るように、沖を見た。

「わしら、広島から身をかわすんか」

沖は少し間をおいて、答えた。

「いや――その逆じゃ」

俯いていた元が、顔をあげて沖を見る。

沖は語気を強めて言った。

「地元におる者を、すぐ広島へ呼び出す」

呉原には呉寅会の半分、十人近くのメンバーが残っている。

「呼び出して、どうするん？」

元が訊く。

沖は三島と元を見て、にやりと笑った。

「戦争の準備よ」

三島と元が、驚いた顔で沖を見つめた。

沖は三島に顎をしゃくった。

「林にいうて、瀬戸内連合会の集会日を探らせろ」

林の特技は車上荒らしだけではない。いろいろな情報を集めてくるのも、やつの得意技だ。

「戦争と瀬戸内のやつらと、どんな関係があるんじゃ」

三島が訊ねる。

沖は目を細めた。

「元とじゃれとるうちに、お前まで血の巡りが悪うなったんか。戦争には兵隊がいるじゃろうが。瀬戸内のやつらはその兵隊じゃ。わしらの傘下に入れる」

「そりゃあ無理じゃ！」

元が声をあげる。

「瀬戸内連合会の身内にゃァ、笹貫組の幹部がおるんで。あいつら全部のしたところで、笹貫が怖うて、わしらの下につくはずあるまあが」

三島が元の側についた。

「そんなことになったら、笹貫だって黙っとらんじゃろ」

沖は口角を上げた。

「まあ、見ちょれ。わしに考えがある」

「考え、いうて？」

元の問いに答えず、沖は煙草を乱暴に灰皿でもみ消した。

立ち上がる。

「いくで」

戸惑っているふたりに背を向け、沖はドアに向かった。


沖はセドリックのボンネットに腰かけると、煙草に火をつけた。

腕時計を見やる。午後六時半。

まだ誰も来る気配はない。

いまは使われていない工場跡――広い敷地には、寂れた倉庫が立ち並んでいる。コンクリートの壁には、下品な言葉がいくつも、スプレーで落書きされていた。窓の多くは、ひび割れている。

沖は今夜、瀬戸内連合会を全滅させるつもりでいた。

五日前、三島と元とともに大上について相談したあと、沖は近くの公衆電話から呉原に残っている呉寅会のメンバーのひとり、高木章友に電話をした。

高木は、赤石通りにあるフリー雀荘をネグラにしている。客同士の揉め事を収めたり、質の悪い客が来たときに追い払ったりする、いわゆる用心棒だ。

家に帰ることは滅多にない。家族との折り合いが悪いからだ。用事がないときはたいてい、雀荘にいる。電話で一番捕まえやすいのが、高木だった。

高木は高校二年のとき、喧嘩相手の不良をナイフで刺し、銃刀法違反と傷害の罪で少年院に三年入った。出所してきたのは二年ほど前だ。

出て早々、呉原の繁華街でチンピラ五人と揉めているところを救ったのが、三島だった。以来、三島を兄貴分として慕い、呉寅会の傘下に入っている。

「仲間をぜんぶ集めて、バイクを調達せえ」

電話に出た高木に、沖はそう命じた。

呉寅会の正規メンバーはおよそ二十人だが、それぞれが何人かの弟分や子分を抱えている。すべて合わせれば、五十人は集まる。

「全員分のバイクを、ですか……」

受話器の向こうで、高木が逡巡するように訊ねた。

バイクを調達しろ、という言葉の意味を、人数分を用意しろ、と受け取ったらしい。メンバー全員がバイクを持っているわけではない。バイクどころか、免許すら持っていない者もいる。足りない分は盗むしかない。

呉原は狭い。五十台近くのバイクを調達するのが無理なことは、沖にもわかっている。

沖は戸惑っている高木に、鼓舞するように声をかけた。

「用意するバイクは半分でええ。残りはこっちで準備する。バイクのケツに、ひとりずつ乗せてこい。それで皆、呉原から来れるじゃろう」

二十台くらいならなんとかできると思ったのか、そこまで言われたら、なにがなんでも用意しなければいけないと思ったのか。高木は語気を強めた。

「任せてください」

「ほいじゃァ、広島での」

電話を切ろうとする沖に、高木が声を潜めて問いかける。

「広島で、なんかあったんすか」

「ああ。詳しいことはこっちで話す。念のため言うとくが、武器を忘れんなよ」

武器——と言われて、喧嘩だと悟ったのだろう。高木が細く長い息を吐く。

「わかりましたけ」

腹の底から絞り出したような、低い声で答えた。

電話を切って振り返る。すぐ後ろで聞き耳を立てていた三島と元が、わずかに身を引いた。ふたりとも頬が紅潮している。肩に力が入っているのが、傍目にもわかった。沸き上がる興奮と武者震いを、抑えているのだろう。

三島が相撲取りが気合を入れる時のように、両頬を力強く叩いた。

「林の出番じゃな。やつなら昭二と昭三を使って、すぐに台数揃えられるじゃろう」

「腕っぷしが強うないあいつには、これしか能がないけえのう」

元が、右手の人差し指をくいくいと曲げる。

どんなときでも、どんなことでも、元は冗談のネタにする。

応じて三島が、いつものように元をこき下ろす。

「指先が器用なんはすごいことじゃろうが。それに林は頭も切れる。腕っぷしも頭も中途半端なこんなより、よっぽど偉いわ」

「なんじゃと！」

あたりを行き交う者が、沖たちを怪訝そうに見やる。

「ええ加減にせい」

沖は苦笑いを浮かべ、ふたりの肩に腕を回した。

「腹が減っては戦はできぬ、じゃ。美味い肉でも食うて、精をつけようや、のう」

沖は三島と元を連れて、佐子に向かって歩き出した。

三島が元をこき下ろしたときに使った言葉は、本当だった。

沖からバイクの調達を命じられた林は、三日で二十台近くのバイクを盗んできた。たった三日でこれほどの台数を揃えるなど、ほかの者にはできない芸当だ。車上荒らしの常習犯だった林だから可能なのだ。

加えて林は、バイクを調達するあいだに、もうひとつの得意技であるリサーチ能力を働かせて、三つの重要な情報を入手してきた。

ひとつは瀬戸内連合会の集会日時。

林の情報によれば、瀬戸内連合会は毎週土曜日、いまは使われていない工場跡に集結する。市内の国道を走り回り、その後、街の中心部から離れた聖王山に向かう。暴走開始は午後七時。聖王山の頂上に着くのは、深夜零時ごろだ。メンバー全員が頂上へたどり着くと、ヘッドが訓辞を垂れ、散会するという。

これが一番知りたかった。いつどこで襲撃すればやつらを叩き潰せるかは、今度の戦争の肝だ。

ふたつ目は、笹貫組の幹部、安藤将司の存在だ。

夜の駐車場でのした瀬戸内連合会の安藤を名乗る男の兄貴が将司だった。こいつを押さえておけば、瀬戸内連合会との争いがもつれ込んだときの切り札になる。

将司の住居を林に調べさせ、やつがひとりでマンションから出てきたところを攫った。隠れ家のひとつである空家に連れ込み、監禁して暴行を加えた。将司は血反吐を吐き、泣きながら命乞いした。やつはいま、縄でぐるぐる巻きにし、頭に布袋を被せて、林が盗んできたセドリックのトランクに放り込んである。

三つ目は、瀬戸内連合会の内部情報だ。

連合会を束ねていると思っていた安藤俊彦はヘッドではなく、特攻隊長だった。

ヘッドの名前は吉永猛。

不良の巣窟といわれる、悪名高い瀬戸内南高校の番長を張っていた男だ。傷害や恐喝の罪で、書類送検された過去がある。少年院送りにならなかったのは、吉永の父親が市会議員を務めているからだという、もっぱらの噂だった。

広島最大の暴走族の頂点に立つくらいだから、喧嘩はそこそこ強いのだろう。が、特攻隊長があのざまでは、所詮、会全体の戦闘力は知れている。恐れるに足りない、と沖は思っていた。

暴走族のヘッドはたいてい、メンバーとは違う特攻服を着ている。平メンバーが白の特攻服なら黒、もしくは赤、なかには金糸で、派手な刺繍を入れていたりもする。いずれにせよ、ひと目でそれとわかる恰好だ。

沖は真っ先に、吉永を襲うつもりでいた。

タイマンと違い、集団での乱闘は蛇を殺すのと同じだ。頭をやれば、尻尾は動くに動けない。大将の首を取れば、敵は戦意喪失する。それが戦だ。戦国時代もいまも戦法に変わりはない。

人数では負けているが、この喧嘩は呉寅会が勝つ、と沖は確信していた。相手の人数が倍でも三倍でも、沖たちが負けることはない。呉寅会のメンバーはみな肝が据わっている。

——舐められたら終いだ。

それが沖の信条だ。

喧嘩のとき沖は、いつも相手を殺す覚悟で臨んできた。実際、殺しもした。殺す覚悟があるということは、殺される覚悟もいる、ということだ。

——いつ死んでも、いい。

嘘や方便ではなく、沖はそう思っている。

大人しく生きたところで、事故や病気で死ぬときは死ぬ。

——好きなことを、好きなようにやり、誰からも指図されず、太く短く生きる。

どうせ人間、一度は死ぬ。天国と地獄がもしあるなら、沖は間違いなく、地獄に落ちるだろう。

神や仏など信じていないが、たとえ地獄に落ちたとしても、高が知れている。

地獄など、幼い頃にさんざん見てきた。

地獄の鬼と、シャブ中の外道——父親に、たいした違いはないだろう。

沖は腰かけているセドリックの後方に目をやった。

呉寅会のメンバーとその舎弟、合わせて五十三人の男たちが、臨戦態勢に入っていた。

呉原のメンバーが自前で揃えたバイクは二十台。林が用意したのは、バイクが十八台と車が二台。これだけあれば、瀬戸内連合会と戦うには充分だ。

林はセドリックの隣に停めてある、マークⅡの運転席にいた。頬が削げ、青白く歪んだ林の顔も、その能力を知っていれば、邪鬼にも似た凄みを感じさせる。

元より林のほうが優っているとは思わない。しかし、林には、足りない腕力を補って余りある技術がある。呉寅会にとって、なくてはならないメンバーであることは確かだった。

マークⅡの後部座席には、昭二と昭三が腰かけていた。双子はすでに、それぞれ得意の得物——ダンベルとヌンチャクを手にしている。

沖は、工場跡の入り口に目をやった。門の広さは約三メートル。車一台なら余裕だが、二台同時に出入りするのは難しい。

一度は、暴走を終えた瀬戸内連合会のやつらがたどり着く聖王山の山頂で襲うことも考えた。しかし、沖は最終的にここを対決の場に決めた。

聖王山山頂には展望台があり、それなりに広い駐車場がある。だが、百人以上を相手に暴れ回るほどのスペースはない。加えて、山頂には逃げ道がある。小回りの利くバイクで細い山道に入られたら、取り逃す恐れがあった。

暴走の出発地点の工場跡と到着地点の山頂、ひと気がないのはどちらも同じだ。ならば、広さがあり、逃げ道を塞げるこの場所のほうがいい。

呉寅会のなかでも腕っぷしの強い四人を、沖は敷地外に待機させていた。集会がはじまったら入り口にピアノ線を何重にも張らせる手筈になっている。蟻の子一匹、逃すつもりはなかった。

吸い終わった煙草を地面に捨て、靴で揉み消す。

どこからか、鴉の鳴く声がした。

頭上を見やる。空が、薄墨と橙を混ぜた色に染まっていた。電柱の上を、黒い影絵のような鴉が飛んでいく。

新しい煙草を咥え、火をつけた。煙草の煙を、空に向かって吐き出す。

昔から、夕暮れ時が嫌いだった。家へ帰らなければいけない気持ちにさせるからだ。子供の頃に住んでいた長屋の前に、共同の洗い場があった。そこで母親たちは洗濯をしたり、野菜を洗ったりしていた。この時期には、子供たちが水遊びをしたものだ。陽があるうちは、洗い場の周りは人が集まり賑やかだった。しかし、夕暮れになると、ひとり減り、ふたり減り、やがて誰もいなくなる。沖はいつも、最後のひとりになるまで、長屋の外で佇んでいた。

夜になってしまえば、どうってことはない。多くの子供が恐れる闇は、沖にとって心地がよかった。父親から逃れる、絶好の隠れ蓑だったからだ。

かつて恐れていた地獄の鬼は、もういない。いまの沖に、恐れるものはなにもない。五十子会も笹貫組も瀬戸内連合会も、怖くはない。

ただ、かつて夕暮れ時に抱いたこの気持ちだけは、嫌だった。この世に自分ひとりだけのような心淋しさは、大人になったいまでも沖を虚しくさせる。

沖は目の端で、セドリックの運転席を見た。

車のサイドミラーに腕を預けて、三島が遠くを見ている。口に咥えた煙草を、せわしなく上下させている。

助手席に目を移す。

頭に巻いていた包帯が取れたばかりの元が、ダッシュボードに片肘を乗せている。キャップを被っているのは、傷口を保護するためではない。縫うために髪を刈られてできた禿げを、見られるのが嫌なのだ。

沖は俯いて煙草を深く吸った。

俺はいま、仲間といる――。

「兄貴」

マークIIの開け放ったドア窓から声がした。

昭三だった。

「今日の喧嘩、ほんまに思いっきりやってええんですか」

沖は口角を上げた。

「昨日、言うたじゃろう。かまわん。殺さん程度にやり上げちゃれ」

昭三は鼻息を荒くして、砂入りのヌンチャクを目の前に掲げた。

沖も今日は、とことんやるつもりだった。この喧嘩、勝つと確信しているが、油断は禁物だ。驕りが思わぬ結果を招く恐れがある。

武器を持っているのは、昭三だけではない。メンバー全員に、木刀、チェーン、刃物を用意させてある。

沖の脳裏に、大上の顔が浮かんだ。

この光景を目にしたら、やつはどうするだろう。愚連隊と暴走族を一網打尽にするため、お巡りとパトカーを集められるだけ集めるだろうか。

いや、と沖は心のなかで首を横に振った。

大上はきっと笑って見ている。手柄や点数などで、やつは動かない。大上が牙を剥くのは、極道が堅気に手を出すときだけだ。不良同士の喧嘩など、大上にとっては野良犬の喧嘩と同じだろう。

——やりおうてくれて、手間が省けるわい。

大上の声が、薄暮の空から聞こえたような気がした。

セドリックのボンネットに腰かけ、沖が空き地の入り口に目を凝らしていると、元の不機嫌な声がした。

「ほんまに、こがあなもん、着る必要あったんかのう」

振り返る。元が助手席で、Tシャツの胸元を眺めていた。眉間に皺が寄っている。不満を隠そうともしない。

今回の襲撃に備えて、沖は呉寅会のメンバー全員に、揃いのTシャツをあつらえた。胸に黒糸で「呉寅会」と刺繍を入れたものだ。

作った店は、広島市内にある暴走族ご用達の洋服屋だ。二日で仕上げろというと、店の親父は首を振った。五十枚近く作るとなると、十日は必要だという。親父のケツをぶしあげ、有無を言わせず承諾させた。

口をへの字に曲げた元を、隣の三島が呆れ口調で諭す。

「何遍、同じこと言うなら。今日の呉寅会は愚連隊じゃない。暴走族で。会と会との大喧嘩じゃ。それなりの恰好つけんと、面子が立たん、言うとるじゃろが」

元はそれでも、引き下がらなかった。三島のほうを向くと、自分のTシャツの刺繍を指さす。

「ほうじゃけん、いうても、いままでこがあなもん着て喧嘩売ったことないじゃない。わしは昔から名札いうんが好かんじゃ。名前覚えられてよかったことなんか、なんもなかったけんのう」

ふたりの会話に、沖は割って入った。

「じゃったら、お前だけ特攻服でも着とれ」

元が慌てた様子で、開け放った車の窓から首を突き出す。沖に向かって、子供が駄々をこねるようにはぶてる。

「あがあなもん、もっと嫌じゃ。そがな目立つもん着とったら、一番先に狙われるじゃないの」

三島が苦笑する。

「ほんまに根性がないやっちゃのう。弱いもんは四の五の言わんと、言うとおりにしちょれ」

沖が揃いのTシャツを宛てがったのには、理由がある。

族対族の喧嘩は全面戦争か、頭同士のタイマンのどちらかだ。できれば、瀬戸内連合会を無傷のままで傘下に収めたい。兵隊は活きがいいに越したことはない。

——殺さん程度にやり上げちゃれ。

昭三に言った言葉は嘘ではない。そのくらいの気迫がなければ、乱闘には勝てない。が、出来れば、沖はタイマン勝負に持ち込む腹だった。

負ける気はしない。いや、絶対に負けない。死ぬことを恐れなければ、勝てない勝負はない。沖はそう確信していた。

最後の煙草に火をつけたとき、微かにバイクの音が聞こえた。一台ではない。かなりの数だ。爆音は次第に近づいてくる。

沖は火をつけたばかりの煙草を、地面に投げ捨てた。

「来たぞ」

入り口を睨みながらつぶやく。

メンバーたちもバイクの音に気づいたのだろう。誰もが口を閉ざした。あたりの空気がぴんと張り詰める。

ボンネットから降りる。振り返り、メンバーに向かって叫んだ。

「ええか。言うたとおり、わしが合図するまで、動くんじゃないど」

襲撃は、相手のメンバーが全員揃ったところではじめる手筈になっている。あらかじめ伝えてあったが、沖は念を押した。頭に血がのぼって、先走るやつがいるかもしれないからだ。

工場跡は、国道から奥まった脇道のどん詰まりにある。

空地へ続く一本道を、数台のバイクが先頭を切って走ってくる。

空はすっかり暮れていた。

ヘッドライトが眩しい。後続車のライトが照らす特攻服は、パチンコ屋でやりあったときと同じ黒だった。

沖はセドリックの後部座席に、半身だけ滑り込ませた。乗り込む前に、いま一度、背後を見やる。

全員がバイクや車に乗り込み、臨戦態勢をとっていた。エンジンは切ったままだが、沖が合図をすれば、すぐに飛び出せる用意はできている。

後部座席に乗り込み、ドアを閉める。運転席の三島が、前を見やりながらつぶやいた。

「じりじりするのう」

背中から、興奮の気が迸っている。

沖は落ち着かせるために、後ろから三島の肩を叩いた。

「ええの。さっきも言うたが、雑魚がみな網に入るまで、早まるなや」

工場跡地に、バイクが続々と集まってくる。

二十、三十、四十——まだ、最後尾が見えない。

元が気を引き締めるように、キャップを被りなおした。

「ここまで大きな喧嘩は、久しぶりじゃのう」

隣で三島が同意する。

「そうよ。埠頭で五十子のシャブを横取りして以来じゃ」

瀬戸内連合会のすべてのバイクと車が集まったあと、リーダーが訓示を垂れるはずだ。襲撃の開始は、その瞬間と決めてある。

後部座席から三島の背中に顔を近づける。囁いた。

「準備はええか」

三島が、咥えていた煙草を、窓の外へ放り投げる。ギアに手を添え、抑えた声で言った。

「ああ、準備万端じゃ」

肯く。あとはときを見計らって、合図を出すだけだ。シートに背を預け、両手を組む。知らず知らず力がこもった。

まっすぐ、前方を見詰める。溜めていた息を、大きく吐き出した。

コツコツ——突然の窓を叩く音。

驚いて真横の窓を見る。男が立っていた。

サングラスを掛け、パナマ帽を被っている。

沖は思わず、声をあげた。

「大上——」

大上は腰を屈（かが）め、車のなかを覗きこんでいる。沖に向かって手を挙げ、白い歯を見せた。

動揺した。頭が白くなる。

「なんで……」

助手席の元が振り返り、言葉に詰まった。

三島の口も半開きだ。

頭が高速で回転する。

——なぜだ。

——どこから漏れた。

——なぜ大上がここにいる。

沖は渦巻く疑問を払いのけ、咄嗟（とっさ）の行動に出た。

車から飛び出し、大上が着ている黒いシャツの胸元を摑みあげる。考える間もなく、言葉が喉（のど）を突いて出た。

「なんなら、おどりゃァ！」

鼻を突き合わせて、声を抑えて怒鳴る。

胸倉を摑みあげられても、大上は表情ひとつ変えなかった。にやにや笑いながら、余裕の笑みを見せている。

「まあ、そういきるなや」

三島を押しのけるように、元が運転席の窓に首を伸ばした。

「なんであんたが、ここにおるんじゃ」

大上が元に目を向ける。お、と短い声をあげた。

「頭の怪我、治ったんか。今日でまた病院送りにならんよう、せいぜい気をつけとけよ」

話をはぐらかす大上に、元は怒鳴り声を浴びせた。

「そがいなことどうでもええわい！　なんであんたがここにいるか、答えんかい！」

「そがな大きい声出さんでも、聞こえとる。まだここが――」

自分の耳を指さす。

「いかれる歳じゃ、ないけんのう」

三島が元の肩を摑んで、助手席に無理やり腰を戻させる。

沖は笑っている大上を睨んだ。

「なんでわしらがここにおること、知っとるんじゃ」

大上は屈めていた腰を伸ばすと、胸倉を摑む沖の手を払いのけた。

「今夜、ここで花火大会がある、いうて聞いてのう。見物に来たんじゃ」

「誰から聞いたんなら」

沖は被せるように答えを強いた。

大上はパナマ帽を斜に被りなおすと、そっぽを向いた。

「そりゃァ、言えんのう」

「なんじゃと、こら！　わしらを舐めとるんか！」

またもや元が、三島の膝に乗りかかるようにして、絶叫に近い声をあげた。

三島が耳を押さえ、顔を顰める。

「もちいと静かにしゃべれ。耳がやられるわい」

言いながら元を、再び助手席に押し戻す。

大上は首を折ると、サングラスを鼻先までおろした。フレームの上から目を覗かせ、沖を見やる。

「公務員にゃァのう、守秘義務ちゅうもんがあってよ。業務上知り得た情報は、他へ漏らしたらいけんのよ」

すまなそうな顔をしているが、目は笑っていた。明らかに面白がっている。

問い詰めようとしたとき、バイクのラッパ音があたりに響いた。

空き地を見ると、バイクや車が所狭しと集結していた。

ざっと見て、バイクがおよそ百台近く、車は確認できるだけで五台はいる。

瀬戸内連合会が、エンジンを空ぶかししている。バイクのスロットルをひっきりなしに回し、マフラーを外した車は、地鳴りのような轟音を発している。あたりの空気が、震えるような爆音だ。

瀬戸内連合会の集会がはじまろうとしている。

駒は揃った。合図の瞬間が近づいている。

沖は大上を睨んだ。吐き捨てるように言い放つ。

「ほいで――どうする気なら」

薄暮の空の下で考えていたことが、現実になっている。この光景を見て、大上はなんと答えるのか。

大上は口角を上げると、サングラスを外した。余裕の仕草で、シャツの胸ポケットに差す。

「どうするも、こうするもないよ。わしァ、花火を見物に来ただけじゃけ。こんならが好きなようにやれや。雑魚は雑魚同士、喰いおうたらええ」

沖を見る大上の眼に、冷酷な色が浮かぶ。

「まァ腹一杯、共喰いせえや」

背中を、冷たい汗が滴る。

やはり、大上はこういうやつだった。点数や手柄など頭にない。こいつは自分が知っているポリ公とは、まったく違う人種だ。

金や手柄で動くポリなど、怖くはない。相手が求めるものを与えれば、簡単に手なずけられる。怖いのは、一筋縄ではいかないやつだ。金や名誉を求めないやつは——まして、なにを考えているのかわからないやつは、手に負えない。

喧嘩を止めるためにきたのではないなら、なぜこいつはここにいるのか。

溶けたアスファルトのように粘りつく疑問が、頭を離れない。

大上はズボンのポケットから煙草を取り出すと、一本抜いて火をつけた。煙を大きく吐き出す。

「ただし、やるなら頭同士のタイマンにせえ。死人や怪我人が仰山でたら、あとが面倒じゃけえのう。やり方は素手喧嘩（ステゴロ）じゃ。武器（どうぐ）を使わんとっても、気ィ抜くなよ。拳（こぶし）でも蹴（け）りでも、当たり所が悪けりゃ逝くけん。まあ、そんときゃァ、わしが看取（みと）っちゃる」

大上はそう言うと、鼻で笑った。

看取る——大上の言葉から、どちらが死んでも構わない、というニュアンスが伝わってくる。

粘りついて離れない疑問が、再び頭を擡(もた)げる。

——なぜ、こいつが襲撃のことを知っている。

今夜のことを、瀬戸内連合会が知るはずはない。組関係もわかるはずはない。笹貫組の幹部、安藤将司を攫ったのはたしかに自分たちだ。しかし、万が一それが笹貫組にバレても、襲撃の計画まで知るはずはない。

だとしたら、考えられるのはひとつ。

沖は奥歯をぎりっと噛(か)んだ。

——身内のなかに裏切り者がいる。

沖の思考を、元の怒声が遮った。

「そがあな御託、聞きとうないわ！　わしらはのう、昔からやりたいようにやるんじゃ。ああじゃ、こうじゃ、うるさいんじゃ、ボケ！」

三島は前を向いたまま、黙っている。自分と同じことを考えているのだろう。

ひときわ高いラッパのクラクションが、空き地に響いた。

沖は集団の先頭にいる男を見た。

ほかのメンバーは全員黒い特攻服を着ている。が、男は、ひとりだけ白い特攻服だった。

男は跨(また)っていたバイクのシートから降りると、メンバーたちと向き合った。

大上は顎をしゃくり、男を指した。

「あれがヘッドの吉永じゃ。あれのことは小まい時分からよう知っとるけ。わしが話をつけてきちゃる」

言い返す間もなく、大上は倉庫の陰から出た。男に向かって近づいていく。

どうすることもできず大上の背を見ている沖に、三島が訊ねた。

「沖ちゃん、どうする」

振り返ると、開いた窓に腕を預けて、三島がこっちを見ていた。声に疑心の色が滲んでいる。

タイマン勝負のことを言っているのか、裏切り者のことを言っているのか。

沖は少し考えたあと、顔をあげて元に命じた。

「計画変更じゃ。しばらく様子を見る。メンバーに伝えてこい」

元が驚いた顔で聞き返す。

「あいつの言いなりになるんか」

言いなり、という言葉が、沖の自尊心を刺激した。

――グレてこのかた、誰かの言いなりになったことはない。

大上の思うままに操られるのは癪だが、あいつが動いてしまったいまとなっては、奇襲をかけることができない。

呉寅会は少数精鋭だ。相手が何人だろうと必ず勝つ。しかし、相手に情報が筒抜けでは、こちらの被害も大きくなる。先々――組との戦争を考えると、なるべく兵隊を消耗したくなかった。

沖は元に向かい、声を荒らげた。

「お前はわしの言うとおりにすればええんじゃ。つまらんこと言っとらんで、さっさとメンバーに伝えてこいや」

きつい言い方に、元は身体をびくりとさせた。急いで車を降りて、背後にいるメンバーのところに駆けていく。

車に残った三島は、シートに背を預けると、天を仰いだ。

「このタイマン、沖ちゃんが勝つじゃろ。問題は、誰が密告ったかじゃ」

やはり三島は、沖と同じことを考えていた。

沖は空地を見やった。ヘッドライトを背に、大上がこちらへ戻ってくるのが見えた。

「この喧嘩の片が付いたら――」

次第に近づいてくる大上の黒い姿を、沖は睨んだ。

「裏切り者を炙り出して、消す」

三島の喉が、唾を呑むように動いた。

吉永に向かって、大上は軽く手をあげた。

「よう、久しぶりじゃのう。相変わらず元気そうじゃないの」

いきなり目の前に現れた大上に、吉永はひどく驚いた様子だった。

「なんであんたがここにおるんじゃ」

集会に水を差されたメンバーたちが、大上に向かってバイクのエンジンを吹かす。

メンバーたちの威嚇を無視して、大上は事情を伝えた。事情といっても込み入った話ではない。頭同士のタイマンで負けたほうが勝ったほうの傘下に入る、それだけだった。

「けった糞悪い」

大上の話を聞いた吉永は、地面に唾を吐いた。

「沖っちゅう男も、呉寅会ちゅう名前もはじめて聞いたわ。そがな小物相手に、なんでわしがタイマン張らないかんのじゃ」

吉永の言い分は、もっともだった。広島最大の暴走族の頭と、広島では無名に等しい新参者とでは、格が違いすぎる。

吉永は眉間に皺を寄せ、大上を斜に見た。

「その沖っちゅうやつ、えろう捻くれとるのう。わしらの傘下に入りたかったら、土下座すりゃあええんじゃ。下のもんの手前、根性見せんといけん、思うてのことじゃろうが、こっちからすりゃァ超迷惑な話よ。そがあな面倒なやつ、手下にしとうないわ」

よほど腕に自信があるのだろう。吉永は、戦う前から自分が勝ったつもりでいる。

大上は吉永の特攻服を見た。代々受け継がれているものだろう。白い生地のところどころが汚れている。黒ずんでいる染みはおそらく血の跡だ。自分が流した血か、相手の返り血か。どちらにせよ、場数を踏んでいることに間違いはない。

大上は吉永を軽くいなした。

「まあ、そういきるなや。お前の言い分は、ようわかる。じゃが、わしにもいろいろ事情があってのう。お前の腕っぷしなら、拳一発でけりがつくじゃろうが」

大上は空世辞を飛ばしたあと、吉永に顔を近づけた。

「悪いようにはせんけ、ここはひとつわしの顔ォ立ててくれや」

大上の言葉に、吉永の頬がぴくりと痙攣した。

吉永は今年で二十歳になる。

大上は吉永を、十五歳のときから知っている。中学三年生の当時からすでに身長は百八十を超え、大人びた顔立ちをしていた。ニキビ面で、高校生に間違われることも多かった。

吉永をはじめて引致したのは、同年の夏だ。他校の生徒を恐喝し、金品を奪ったうえ、顔面にパンチを三つくれた。それを知った被害者の親が、交番に被害届を出した。吉永はまだ中学生だというのに、えらく喧嘩が強く、いたるところで揉め事を起こしていた。あれは将来、面倒なやつになる。それが広島北署少年係の一致した意見だった。

吉永を二度目に補導したのは、吉永が高校一年生のときだった。

広島の流通りで、笹貫組組員の安藤将司と瀧井組組員の宮島博が、些細な事から口喧嘩をはじめた。双方の組員たちが駆けつけ、繁華街の路上は剣呑な雰囲気になった。そのとき、安藤の側にいたのが吉永だ。

のちに知ったことだが、瀬戸内連合会現特攻隊長の安藤俊彦は、安藤将司の実弟だった。暴走族仲間として俊彦と知り合い、その流れで実兄の将司にくっついていたのだろう。

吉永は、ジーパンの尻ポケットに折り畳みナイフを所持し、いつでも相手に挑みかかれるように準備をしていた。

ナイフの刃渡りは五センチ。状況によっては、銃刀法違反の要件に引っかかる。

大上は瀧井と笹貫の組員同様、吉永を引っ張った。

二回目の補導で、しかも今回は極道が絡んでいる。ここで痛い目に遭えば、まっとうな道に戻るかもしれない。

そう思ってのことだったが、吉永は書類送検で終わった。

吉永の父親は市会議員だ。出来の悪い子供ほど可愛いというが、父親は伝手を頼って掛け合ったと聞く。結果、その工作に、上層部が折れたのだ。

道を踏み外した吉永にも、まだ恥というものが残っているのだろう。親の顔で少年院送りを逃れて以来、大上と出くわすと、苦々しげに顔を背けるようになった。

吉永の非行は、それで終わらなかった。高校二年のとき、入り浸っていたゲームセンターの店員を殴り、全治二週間の傷を負わせている。後難を恐れたのか、店員は被害届を出さなかった。

大上は自分が飼っているエスから、その情報を仕入れた。事件に着手したところで、二回目同様、どうせ上が握り潰す。それよりも、この事件は寝かせておいたほうがいい、と大上は判断した。

傷害罪の時効は十年だ。吉永には、恐喝や銃刀法違反の前科がある。この事件が明るみに出れば、今度こそ実刑は免れない。このネタは、いざというとき、吉永を上手く使うための切り札として取っておく、そう考えたのだ。

大上が傷害のネタを持っていることに、吉永は薄々感づいている。事件のあと、道で偶然すれ違ったとき、それとなく釘を刺したからだ。

――やりすぎるなよ。わしァいつでも、こんなを牢屋にぶち込めるんで。

吉永はそれ以来、大上に逆らえずにいる。

今回も、意に染まないのだろうが、大上が出てきては肯かないわけにはいかない。

後ろのメンバーを振り返ると、声を張った。

「予定変更じゃ！　いまから呉原のイモを、し、しごうしちゃる！」

近くにいたメンバーからどよめきが起きる。驚きの波は、口伝えで瞬く間に、後方まで広まった。

話がつくと、大上は沖のもとへ戻った。

視認した限り、呉寅会のメンバーはおよそ五十人。

瀬戸内連合会は、百五十人近くいる。

圧倒的に数が違う。だが、大上は沖たちが負けるとは思っていなかった。勝てないまでも、間違いなく引き分けには持ち込む。

雑魚は雑魚同士、やりあったらいい。その考えは変わらない。しかし、負傷者はできる限り出したくない。

大上はズボンの尻ポケットから煙草を出すと、ライターで火をつけた。煙を吐き出し、沖に言う。

「話はついたけえ。思う存分やってこい」

沖が大上を睨む。眼が殺気立っていた。

「あんた。なんでわしらにちょっかい出すんじゃ」

「ちょっかい？」

煙を吐き出しながら、大上はオウム返しに問うた。

沖が詰め寄る。

「喫茶店でも呑み屋でも、ほいでここでも、なんでわしらに絡むんじゃ」

声が苛立っている。

大上はそれとわかるように口角を上げた。

「わしゃァのう、昔から世話好きなんじゃ。極道相手に命張るような馬鹿たれ見るとのう、可愛うて、仕方ないんよ」

空地のほうから、ひときわ高いラッパ音が響いた。はやく出てこい、と沖たちを急かしているように聞こえる。

沖は地面に唾を吐いた。

「まあええ。あんたとの片は、あとで付けちゃる」

そう言い残し、沖は瀬戸内連合会のバイクの輪に向かって歩き出した。

車から降りて大上と沖のやり取りを見ていた元が、我に返ったように沖の背中に声をかける。

「沖ちゃん。わしらは――」

続く元の言葉を、大上は手で遮った。車の運転席にいる三島に向かって叫んだ。

「なにぼさっとしとるんじゃ。自分とこの頭がタイマン張るんじゃ。さっさと追いかけて応援せんかい。なんぼ虎が強いゆうても、ここはアウェーじゃ。呑まれてやられるかもしれんど！」

三島は窓から身を乗り出すと、後ろのメンバーに、前に行け、と手で指示した。

それを合図に、呉寅会のメンバーは一斉にバイクと車のエンジンをかけた。地鳴りのような音が、あたりに響く。

呉寅会のバイクは盗んできたものだ。改造はしていない。通常のマフラーだから、音は暴走族のそれとは違うが、それでも、近くにいると耳をつんざくような咆哮だった。

三島が、車のヘッドライトを点けた。ライトが、前方を歩く沖の背中を照らす。

大上はセドリックのドアを開けて、後部座席に乗り込んだ。

三島が血相をかえて、大上を振り返った。

「なんなら、無断で！」

大上は軽く舌打ちをくれると、シートにふんぞり返った。

「なんならも糞もあるかい。審判がおらなんだら、試合にならんじゃろうが。ええけん、早う出せ」

納得がいかないのか、大上の言いなりになるのがいやなのか、三島はアクセルを踏まない。

大上は運転席のシートを、足で蹴り上げた。

「もたもたしとったら、試合がはじまってしまうじゃろうが。さっさと言うとおりにせんかい！」

ここで揉めても埒が明かない。そう思ったのだろう。三島は元を呼んだ。

「早う、車に乗れ！」

元が慌てて助手席に乗り込む。

ドアが閉まると同時に、三島がアクセルを踏んだ。

倉庫の陰から車を出すと、三島はスピードをあげた。

地面の小石が跳ね、フロントガラスに当たる。

三島は車を加速させながら、敵陣に突っ込んでいく。

仲間のバイクを追い越し、先頭に出た。

助手席の元が、窓から半身を乗り出し叫ぶ。

「おらおら、どけい！　呉寅会の参上じゃ！　どかんと、おどれらみな、轢いてまうど！」

百数十台にも及ぶバイクや車のエンジン音とクラクションが、元の怒声を掻き消す。

が、元は構わず、敵を威嚇し続けた。
「おらおらおらァ――」
後方で呉寅会のメンバーも、奇声を上げている。
大上はセドリックの後部座席で、耳を塞いだ。
「これじゃけえ、ガキの喧嘩はやれんわい」
口から出た言葉は辟易のそれだが、内心は違う。
喧嘩は祭りや花火と同じだ。派手なほど面白い。
自分でも口角が上がるのがわかった。
車はスピードを緩めることなく、敵陣目指して突き進む。
衝突寸前――瀬戸内連合会のバイクが、左右に割れた。
三島が車をドリフトさせ、急ブレーキを踏む。
勢いで、首が持っていかれそうになる。
大上は思わず、三島を怒鳴りつけた。
「もちいと、ましな停め方せんかい！」
背後からけたたましいスキール音と、軋むようなブレーキ音が響く。
と、いきなり静寂が訪れた。
聞こえるのは、微かなアイドリングの音だけだ。

バイクと車の輪の中心に、沖と吉永がいた。周囲のヘッドライトが、舞台に立つ役者を照らすように、ふたりを映し出している。

三島と元は、いつでも飛び出せるよう、開け放ったドアに手を置き、前方を凝視している。

大上は首をぐるりと回した。

「わしがむち打ち症にでもなったら、こんならみんな、道交法違反でブタ箱へぶち込んじゃるんど」

独り言のようにつぶやき、ドアを開ける。

車を降りた。

輪の中心に向け、ゆっくり歩を進める。

レフリーが現れたことで、いよいよ試合がはじまる——そう、肌で感じ取ったのだろう。

双方のメンバーが、一斉にエンジン音を響かせた。野次や声援も混じり、凄まじい咆哮となって耳をつんざく。

たまらず大上は、片耳に指を突っ込んだ。睨み合う沖と吉永のあいだに立ち、ふたりに命じる。

「あの音をやめさせい。煩うて、耳がやられるわい」

偉そうにこの場を仕切る刑事が気に入らないのだろう。ふたりは敵意むき出しの目で、大上を睨んだ。が、ここで逆らっても時間の無駄だと思ったらしく、自陣のメンバーに向かって怒鳴り声をあげた。

「静かにせいや！」

「空ぶかしやめい！」

頭の声を耳にしたメンバーが、伝言ゲームのように後ろに指示を伝える。威嚇音が次第に収まり、アイドリングの音だけに戻った。

あたりが静まると、大上はこの場にいる全員に聞こえるように声を張った。

「ええか。頭同士のタイマンじゃ！　負けた方が、勝った方の傘下に入る。族の掟(おきて)じゃ。ええの！」

返答はない。誰もが押し黙っている。承諾の意だ。

異論がないことを確かめると、大上はふたりに向き直った。

「念のため、検(あらた)めるで。両手、上げい」

なんでもありの喧嘩では、釘一本でも武器になる。

沖と吉永が、万歳をする。大上はそれぞれの全身を、軽く叩きながら撫(な)でた。

ふたりは両手を上げたまま、互いの目に視線を据えている。

吉永が小馬鹿にしたように笑った。

「呉原の芋が——調子こきやがって」

沖が冷静な口調で返す。

「抜かすな。うどの大木が」

啖呵(たんか)の切り合いなら、どっこいどっこいだ。

だが、この勝負は沖が勝つ、と大上は確信していた。

吉永の身長は百八十を超える。体重は百キロを超えるだろう。ボクシングとウエートトレーニングが趣味で、筋骨が隆々としている。

一方の沖は、ガタイはいいが、吉永ほどの身長(たっぱ)はない。せいぜい百七十半ばだろう。なにより、リーチが違う。腕の長さはたいがい身長に比例する。いま上げている腕を見比べても、明らかに吉永のほうが長い。

体格勝負なら吉永の楽勝だ。が、喧嘩は体格の勝負ではない。勝敗を分けるのは、肝っ玉の太さだ。たとえボクシングの心得があろうと、吉永は沖には勝てない。性根の据わり方が違う。ヤクザの賭場を荒らし、極道に恐喝(ハイダシ)をかける根性が、吉永にあるはずがない。

飼い犬は所詮、飢えた野犬には勝てない。

武器を持っていないことを確かめると、大上は双方を見やった。

「ふたりとも、準備はええの」

沖と吉永は、互いを睨みつけたまま肯いた。前屈みになり、構える。

「よし！　開始じゃ！」

大上は叫んで、その場から飛び退(すさ)った。

メンバーたちの息を呑む気配がする。

先に仕掛けたのは沖だった。雄叫(おたけ)びをあげながら、吉永に突進する。

吉永の太い腕が、横殴りに沖の頭を狙う。

フック——速い。

吉永の拳(こぶし)が、沖の顔面を捉(とら)える。

沖は大きく体勢を崩した。

前のめりになった沖の顎を、吉永のアッパーが掠(かす)める。

すんでのところで拳を躱(かわ)した沖は、自分から地面に倒れ、吉永の足を搦(から)めた。

カニばさみの要領で、吉永を横倒しにする。

沖が馬乗りになり、首を絞めた。

吉永が両腕で顔面を殴りつける。

絞め技が解け、ふたりとも飛び退くように立ち上がる。

沖の肩が上下に揺れる。

吉永の息は切れていない。

ジャブを繰り出し、間合いを詰めた。

渾身(こんしん)のストレート――沖の膝が、がくんと折れた。

そのまま身体をぶつけ、地面に突き倒す。

倒れた沖に跨り、矢継ぎ早に拳を振り下ろす。

沖は両腕で顔面を防御した。隙を突き、反撃に出る。腹筋の要領で上半身を持ち上げ、吉永に頭突きを喰らわせた。

ゴッゴッ――と、骨と骨がぶつかる嫌な音が、あたりに響く。

このままでは埒が明かないと思ったのか、吉永は立ち上がり、沖に蹴りを見舞った。

顔を目掛けて振り下ろされる安全靴――沖が身体を反転させて避ける。転がりながら体勢を立て直し、蹴りを返す。

スニーカーの先が、吉永の腹にめり込んだ。

吉永が膝を突く。

今度は沖が、吉永に襲い掛かった。

背を丸めた吉永の顎に蹴りを喰らわす。吉永は仰(の)け反るように背中から倒れた。

馬乗りになり、顔面を連打する。

しかし、ボクシングをやっているだけあって、吉永のガードは堅い。

業を煮やした沖が、渾身の一撃を狙い、腕を高々と上げた。

振り下ろした刹那――吉永が身を捩る。空振りした拳は、地面を殴った。拳に砂利がめり込んだのか、沖の顔が歪んだ。

吉永は両手で、下から沖の胸を突き飛ばした。

ほぼ同時に、ふたりが立ち上がる。

さすがに消耗したのか、吉永の膝が笑っている。沖も同じだ。

大上はいらいらしながら、ふたりの喧嘩を見ていた。

――なに眠たいことやっとんじゃ。格闘技の試合じゃあるまいし。

沖なら、一発でケリをつける。そう思っていた。

不良同士の喧嘩なら、それなりの仁義がある。学生時代に大上がやってきた喧嘩は、そうだった。相手の命は取らない。相手に後遺症を残さない。それが最低限のルールだった。

沖は、ただの不良ではない。

ヤクザ相手に喧嘩を売る、命知らずの野良犬だ。

蹴りや拳を繰り出すだけの上品な喧嘩は、沖には似合わない。

このままでは、いつまで経っても同じことの繰り返しだろう。

そうなれば、体力的に分のある吉永に軍配が上がる。

ふたりの様子から、瀬戸内連合会のメンバーもそう察しているのだろう。エンジンの回転をあげて、言葉にならない奇声をあげている。

大上はあからさまに舌打ちをくれた。

沖が負ければ、目算が狂う。

呉寅会を手懐けて、外道どもを締め上げるつもりが、真逆になる。沖たちが瀬戸内連合会の軍門に下れば、外道を太らせるだけだ。

ジャブを放ちながら、吉永がまた間合いを詰める。

左ジャブ。

右ストレート。

顔面を防御する沖の、がら空きになった腹部にボディーブロー。

コンビネーションがきれいに決まる。

沖の顔が大きく歪んだ。口から呻き声が漏れる。

止めのアッパーが、顎を捉えた。

沖が膝から崩れ落ちる。

吉永の足技が飛んだ。

腹を庇おうとする沖の右手を、片足で踏みつける。

そのまま左手を、サッカーボールのように蹴り飛ばした。

沖の左手はもう使えないだろう。

吉永の目が獰猛に光る。

沖の顔面を力いっぱい踏みつけた。安全靴の底が、顔にめり込む。一瞬、沖の頭が地面に埋もれたように見えた。

吉永は毛虫を潰すように、何度も顔面を踏みつける。

なぶり殺しだ。

いつしか、あたりは静まり返っていた。口を利く者は誰もいない。エンジンを吹かす者もいない。みな、吉永の狂暴さに、圧倒されている。

ガツガツという、顔面と靴底がぶつかる音だけが響く。

吉永は、沖の顔をさらに強く踏みつけると、煙草をもみ消すように靴底を捩じった。

大上は咥えていた煙草のフィルターを、きつく嚙んだ。

ここまでか――。

地面に目を落とし、吸い終わった煙草を踏みつけた。

大上がレフリーストップをかけようと足を踏み出したとき、突如、絶叫が響いた。

見ると吉永が、股間を押さえ、のたうち回っている。

いつの間にか、沖が立ち上がっている。

金的蹴り――。

地面に倒れた吉永が、エビ反りになって身体を震わせている。

反り上がった腹部に、沖が飛び乗る。

右手の指を二本、これ見よがしに掲げた。

「往生せい！」

言うや否や、吉永の両眼に突き立てる。

断末魔の悲鳴があがる。

止める間はなかった。

空手でもなんでも、武術では眼球突きは禁じ手だ。下手をすると一生、視力を失う可能性がある。だが、眼球に指が、まともに刺さることはまずない。手の動きより、瞼（まぶた）の動きのほうが俊敏だからだ。

ましてや沖は、一度大きく、突き刺す指を見せている。とはいえ、相手の戦意を喪失させるには充分だった。

大上はその場で、両手を高々と上げた。

「よし、そこまで！」

喧嘩の終了を告げる。

この場にいる誰もが、なにが起こったのか、咄嗟にわからないようだった。

静寂を破ったのは、セドリックのクラクションだった。ひとしきりクラクションを鳴らし終えると、三島が勝鬨（かちどき）の声をあげた。

「どうじゃ！　わしらの勝ちじゃ！」

三島の声を合図に、呉寅会のメンバーが雄叫びをあげた。怒号のような歓声が沸き上がる。

真っ先に沖へ駆け寄ったのは、元だった。放心したように膝立ちしている沖の肩に、そっと手を置く。

「沖ちゃん、大丈夫か……」

沖の頭がわずかに上下した。肯いたのだ。

駆けつけた三島も、後ろから心配そうに覗き込んでいる。

「救急車、呼ぼうか」

今度は、はっきりそれとわかるように、沖が首を横に振る。

大上は、静まり返った瀬戸内連合会のメンバーに向かって怒鳴った。

「なにぼさっとしとるんじゃ！　誰か、早う病院に連れてっちゃれ！」

前列にいた男が数人、我に返ったように顔を見合わせ、吉永のもとへ駆けてきた。

吉永は、目を両手で押さえながら、呻き続けている。

男たちは吉永を担ぎあげ、車へ運んだ。

吉永を乗せた車が、猛スピードで工場跡を出ていく。

大上は残った瀬戸内連合会のメンバーを見渡した。

「勝負はついた。今日からこんなら、沖に連れちゃってもらえ」

瀬戸内連合会のメンバーは、どうしていいのかわからないというように、立ち尽くしている。

大上は大声で念を押した。

「掟は掟じゃ。守ってもらうど！」

瀬戸内連合会の面々が、項垂れるように首を折る。

それを見た呉寅会のメンバーが、もう一度、雄叫びをあげた。

後ろに気配を感じ、大上は振り返った。元と三島に肩を借りた沖が、ゆっくりこちらに近づいてきた。

大上の前までやってくると、沖は腫れあがった顔で、途切れ途切れに息を吐いた。

「こっちは、片が、ついた。今度は、そっちの、番じゃ」

十三章

沖は腫れあがった唇に、煙草を差し込んだ。幸いなことに歯は折れていない。フィルターを軽く噛む。唇だけでは、煙草を支えるのが心もとない。

元が素早く火をつける。

ニコチンを吸い込んだ。が、口元に力が入らず、大半は肺まで届かない。味のしない、しけった煙草を吸っているみたいだ。

クインビーの狭い店内には、由貴の歌声が響いていた。

スツールから立ち上がり、マイクを握りしめ、悦に入って小節を利かせている。音程が外れているのはご愛嬌だ。

カウンターにはママの香澄と真紀が座っていた。

ママはカラオケの歌本のページを捲りながら、グラスを口に運んでいる。真紀はこちらが気になって仕方がない様子だ。水割りをちびりと飲んでは、こちらをちらちら振り返っている。

瀬戸内連合会の頭、吉永との決着がついたあと、沖は三島と元を連れ、クインビーに来た。

――お前ら、これで、どっかで飲んどれ。

工場跡で、沖は林に財布を放り投げた。財布にはいつも十万入れている。残りの呉寅会のメンバーは、居酒屋あたりで祝杯をあげているはずだ。

メンバーと別行動をとったのには理由がある。

大上だ。

向かいのソファには、その本人が座っている。大上はご機嫌で、自分で作った焼酎の水割りを、頻繁に口に運んでいた。店に来て、まだ二時間も経っていない。テーブルには空の焼酎ボトルが、二本並んでいた。そのうちの一本は、遅れてきた大上が空けたものだ。

沖の隣に元、元の斜向かいに三島が腰を下ろしている。沖を除く三人は、今日の喧嘩の話で盛り上がっている。

大上はグラスに残っていた焼酎をひと息で飲み干すと、テーブルに身を乗り出した。

「それにしても、こんなァ強いのう。勝つとは思うちょったが、金的蹴りに目潰しとは、さすがのわしも驚いたわ」

空世辞だ。

修羅場をくぐったマル暴が、金的くらいで驚くはずはない。

すでに酒が回っている元は、大上のお愛想にすっかり乗せられている。

「やっと沖ちゃんの強さがわかったか、おっさん。吉永の外道、メンバーの前であれだけこてんぱんにやられたんじゃ。もう顔が立たんじゃろう。立たんいうたら、こっちも立たんじゃろうがのう」

こっち、と言いながら、元は自分の股間を擦った。

大上が声をあげて笑う。

三島が被せるように言った。

「ありゃァ、一生、子供が出来んかもで」

三人の哄笑が弾ける。

沖は自分のグラスに口をつけた。少し唇を湿らせただけで、アルコールが沁みる。我慢して、ぐびりと腹に流し込んだ。

うっ——短い声が思わず、口を衝いて出る。顔を顰めた。

歯医者で虫歯を削られるときのような、神経を直に刺激される痛みだ。

カウンターからこちらを見ていた真紀が駆け寄ってきた。

恐る恐る声をかける。

「大丈夫？　これで冷やした方がええよ」

後ろから、冷たいおしぼりを差し出した。

沖は乱暴に受け取ると、肩越しに真紀を睨(にら)んだ。

「あっちに行っとれ、いうたじゃろうが。ええけ、景気のええ曲でも、歌(うと)うとれ」

歯茎に麻酔を打たれたあとのように、唇が動かない。口元から涎(よだれ)が伝った。

睨まれた真紀は、びくりと肩を震わせた。怒声さえ間抜けに聞こえる、いまの沖を哀れんだのか。

吉永に殴られ、蹴られ、踏みつけられた顔面は、ひどいものだった。瞼(まぶた)は腫れ、顔は痣(あざ)だらけだ。唇が切れて、口腔(こうこう)内もずたずただった。

沖の変わり果てた形相を見て、真紀はひどく動揺した。泣きながら、病院へ行くことを懇願した。由貴も医者にかかるよう、執拗(しつよう)に勧めた。夜の商売で修羅場を見慣れているからか、落ち着いていたのはママだけだ。

――女は黙っとれ。

真紀と由貴の頼みを、沖は一蹴(いっしゅう)した。

おしぼりと置き薬のヨードチンキで応急処置を施すと、真紀は目元を拭(ぬぐ)い、店を飛び出した。

真紀が十分ほどで息を切らしながら戻ってくると、沖の血塗(ちまみ)れのシャツとズボン、汗まみれの下着を脱がせ、アパートの部屋から持ってきた洗濯済みのものと着替えさせた。

　カウンターにいた香澄が、真紀を振り返った。

「真紀ちゃん、ええけん、ほっときんさい。喧嘩して痛い思いをするんは、自業自得じゃけえ」

　真紀は心配そうに視線をくれながら、カウンターに戻っていく。

　女たちにカラオケを命じたのは沖だった。自分たちの会話が聞こえないようにするためだ。

　直感で、場の空気を察したのだろう。香澄は店を看板にすると、適当に曲を入れた。

　真っ先に歌いはじめたのは、由貴だった。カラオケが大好きで、頼まれなくても、よく歌う。

　それにしても――。

　沖は大上に視線を戻した。


　吉永をぶちのめしたあと、沖は胸にわだかまった疑念をさらに深めた。

　今度は大上とのケリをつける、そう思って詰め寄る沖を、軽くいなして、大上はセドリックに近づいた。後方へ回ると、沖たちを見やり、トランクをバンバンと叩(たた)く。

「なかに居(お)るやつは、わしが土産に貰(もろ)うていくが、文句ないの」

　沖は、瞼が腫れあがり視界が利かない目を見開いた。

なぜ、トランクに人が入っているのを知っているのか。

元と三島も、わからないといったように顔を見合わせている。

三人が答えられずにいると、大上の口調が一変した。

「おい、聞こえんのか。さっさと開けんかい」

大上の怒鳴り声や凄んだ声は、これまで何度も聞いていた。が、あのときの声はそのどれでもなかった。意に沿わなければ殺してでも従わせる、そう感じさせるほどの、殺気が込められていた。

極道相手に渡り合ってきたマル暴の凄みを、沖ははじめて知った。

三島が操られるように、トランクを開けた。

安藤将司は手足を縛り、猿ぐつわをかまして頭部に布袋を被せてある。シャツは血で赤く染まり、ズボンはズタボロだ。縄で雁字搦めにされた上体は、わずかにうねるが、下半身は微動だにしない。沖が大腿骨を折ったからだ。小便を漏らしたのか、ズボンの股間が黒ずんでいた。リンチを加えたことは、ひと目でわかる。

大上は顔色ひとつ変えず、布袋を外した。

猿ぐつわの隙間から、安堵の呻き声が漏れる。

眼球は忙しなく動き、必死に助けを求めている。歯は折れ、顔面が青黒く変色している。

安藤の顔を見た瞬間、大上の眉間に皺が寄った。ぼそりと言う。

「命は助けちゃる。大人しゅうしとれ」

大上はトランクを閉めると、三島に声を張った。

「車ァ、借りるど」

三島の返事も聞かず、大上は運転席に乗り込んだ。差し込んだままのキーを回す。

エンジンをかけながら、大上は三人を険しい目で睨んだ。

「相手がなんぼ外道でも、ちいとやり過ぎじゃ」

大上がエンジンを吹かす。

「クインビーに行っとれ。あとでわしも行くけ」

そう言い残し、大上はその場をあとにした。


沖は灰皿に煙草を押しつけた。手の動きがぎこちない。

回想を振り払い、最初の疑問に戻る。

なぜ大上は、トランクに人が押し込められていると知っていたのか。

クインビーにやってきた大上に、開口一番、それを訊ねた。大上は何食わぬ顔で惚けた。

セドリックに乗り込んだとき、後ろから物音が聞こえた――そんな見え透いた嘘が通用するとは、大上自身も思っていないはずだ。

安藤は縄で雁字搦めにされ、身動きなど取れない。まして、使われなくなった工場跡は、石やコンクリートの破片がそこら中に転がっている。仮に安藤が身体を揺さぶれたとしても、車の振動と周囲の騒音に掻き消されて、大上の耳に届くはずがない。

大上は最初から、トランクに安藤がいると知っていた。

布袋を外した大上が眉間に皺を寄せたのは、素人が極道にあそこまで凄惨な暴力を加えたことに対する、驚きからだろう。

沖は新しい煙草を咥え、フィルターを噛んだ。

――やはり、身内にスパイがいる。

火を差し出す元を手で制し、大上の目を見据えた。

大上ははぐらかすように、カウンターに視線を向けた。

「おーい、ママ。もう一本頼むわ」

真紀が弾かれたように立ち上がり、新しいボトルを手にボックス席にやってくる。

大上のグラスを持ち、水割りを作ろうとする真紀の手を、沖は邪険に払い除けた。

「余計なことすな、言うとるじゃろうが」

火のついていない煙草を咥えたまま、怒鳴りつける。

真紀が目を伏せ、唇を噛みしめた。

元が気遣うように声をかける。

「真紀ちゃん。男同士の話じゃけ……沖ちゃん、まだ気ィ張っとるし」

無言で肯くと、真紀は肩を落としてカウンターに戻った。

気まずい雰囲気を振り払うかのように、大上が快活な声を上げる。

「それにしても、こんなァ強いのう」

グラスに焼酎を入れながら、今夜三回目の、同じ言葉を口にした。

調子を合わせ、元が話を蒸し返す。

「そうじゃろうが。沖ちゃんここが据わっとるけん」

言いながら自分の胸を叩く。

大上は水割りを作り終えると、沖に話を振った。

「空手とか、やっとったんか」

最初に訊(き)いたときは柔道だった。次は剣道、今度は空手だ。

いらいらが募る。

限界だった。

自分で煙草に火をつけると、両腿(りょうもも)に手を置き、前屈(まえかが)みになった。首を斜に傾け、上目遣いに大上を睨む。

「おっさん、なんで今回のこと知っとったんじゃ」

声にありったけの憎悪を込める。

大上は聞こえない態で、元に笑みを向けた。

「人間はのう、なんぼ身体鍛えても、目と金玉だきゃァ、鍛えられん。相手の弱点を突くんが、喧嘩の極意じゃ。のう、元」

酔っている元はご機嫌で、話を合わせる。

「ほうじゃ。沖ちゃんの金的蹴りは昔から見とるが、あれ一発で、みんな終いじゃ。あれ喰ろうて立っとったやつは、少年院におった根本くらいじゃ」

大上が意外そうな顔をする。

「根本いうて、健のことか」

「そうよ。モトケンよ」

三島が横から口を出す。

大上が、感心したように息を漏らした。

「モトケンいうたら、いま売り出し中の、バリバリの兄さんじゃないの」

根本はいま、愚連隊時代の仲間を引き連れ、瀧井組の若い衆に収まっている。

大上は元に顎をしゃくり、続きを促した。

「ほいで、その勝負、勝ったんか」

「当たり前よ」

元は胸を張った。

「言うとっちゃるがのう。沖ちゃんは、喧嘩で負けたことは一遍もないんで」

まるで我がことのように、元は自慢した。

「ほうの。こんなが見て、一番歯ごたえがあった喧嘩相手は、誰じゃった」

「そりゃァ、なんちゅうても——」

言いかけた元の頭に、沖は肘鉄を喰らわした。

元が驚いて、頭を抱える。

「煩い。ちいと、黙っちょれ」

押し殺した声から、沖が本気で怒っていると察したのだろう。元と三島の顔色が変わった。

沈黙が場を支配する。

ボックス席の剣呑な空気を感じ取ったのか、由貴の歌声が止まった。

沖はカウンターに顔を向け、目を細めた。

「なんじゃい。わしが歌え言うたの、忘れたんか」

由貴はびくりと身体を震わせると、急いで歌詞を追った。

沖は吸いかけの煙草を、灰皿でもみ消した。

——なんとしてでも、大上の飼い犬を炙り出す。

ソファの背にもたれ、丹田に力を込めた。

「答えんなら、何遍でも聞くがのう。あんた、なんでわしらに構うんじゃ」

そこが根っこだ。そこがわかれば、おのずと絡まった糸は解ける。

大上は少しのあいだ、なにか考えるように黙っていた。

パナマ帽を阿弥陀に被り直し、サングラスを指で鼻先に下げる。

ひと息吐いて、口を開いた。

「昔の知り合いに、向こう傷の政、いう男がおってのう。こんならも名前くらい、聞いたことがあるじゃろ」

向こう傷の政――聞いた覚えはない。三島と元も、口を半開きにして首を傾げている。

大上は眉根を寄せ、意外そうな顔をした。

「ほうか。知らんのか」

水割りを口に含み、ごくりと喉を鳴らす。

「まあ、こんならが生まれる前の話じゃけ、知らんでも仕方ないがのう」

そう言うと、大上は遠くを見やった。

「ありゃァ、わしが中学生のときじゃ。まだ戦後の闇市が、駅の裏に残っとったころでのう」

広島駅の西側には、いまでも小汚い店が立ち並んでいる。大半は、八百屋や魚屋、金物屋など、食べ物や日用雑貨を扱う小売りの店だ。戦後、あのあたりに闇市があったことは、沖も知っていた。

小西政治こと、向こう傷の政は、広島では愚連隊の神様、と呼ばれた不良の大物だった。そのころは二十代半ば——兄貴分と慕う手下は、三百人を超えていたという。向こう傷のふたつ名は、敵対する愚連隊に闇討ちをかけられたときに負った、眉間の斬り傷が由来だ、と大上は説明した。

「わしがはじめて政と出会たんは、むかし流通りにあった、映画館の裏じゃった……」

大上は遠い目をしたまま、ぽつりぽつりと、昔語りをはじめた。

大上が煙草を咥え、火をつける。

煙を大きく吐き出すと、話を続けた。

「その頃はのう、わしも生腰がよかったけ。相手かまわず喧嘩三昧での」

話がはじまってすぐに、元が出鼻を挫いた。

「生腰いうて、なんの」

遮られた大上は、機嫌を損ねるでもなく、むしろ面白そうに元を見た。

「こんなァ、生腰、知らんのか」

気まずそうに元が、沖と三島を見やる。

「知っとるか？」

沖は黙ることで知らないことを示し、三島は軽く首を横に振った。

大上が前のめりになる。子供を諭すような目で三人を見た。

「生腰いうんはのう、気持ちの勢いのことよ。オラオラ、イケイケじゃ。おどりゃァ、すどりゃァ、いうて吼えるじゃろ、こんならも。売られた喧嘩は銭ィ払うてでも貰う。極道でも不良でも、生腰が足らんやつは舐められる。この世界じゃ生き残れん」

「じゃったら、おっさん、いまでもイケイケじゃないの。わしらの喧嘩に首ィ突っ込んできてよ」

またしても元が口を挟む。

大上がソファの背にもたれる。指に挟んだ煙草の先を、三人に順ぐりに向けて笑った。

「喧嘩したんはこんならじゃろうが。わしじゃない。それにのう、いまのわしァ、誰彼かまわず喧嘩売ったりはせん。なんせ、警察官じゃけのう。わしが喧嘩売るんは、堅気に手ェ出す外道だけじゃ」

「ほいで？　あんた、映画館の裏でその政いうんに、喧嘩売ったんか」

元が話を戻す。

沖は焼酎の水割りを、ぐいっと飲んだ。

話は聞き役がいるほうが、早く進む。元がこの場にいてよかった。いつもは気に障るお喋り(しゃべ)が、今日はありがたい。

大上は咥え煙草を上下に揺らした。

「いや、わしが仕掛けた喧嘩じゃない。売ってきたんは、政んとこの若いもんじゃ」

沖も知っている昭和館は、少し前に取り壊されたが、当時は新築したばかりだったという。

ヤクザ映画の三本立てを見たあと、大上は小便をしに外へ出た。館内に便所はあったが、上映中に我慢していた男たちで行列ができていた。待てなかった大上は映画館を出ると、人目がない裏手に回った。

隣のビルと昭和館の隙間には、先客がいた。それが、政のところの若いもんだった。

「こっちも小便が漏れそうじゃけん、先客から少し離れたところで用を足したんじゃ。そしたら、やつらなにを思ったのか、ズボンのファスナーを上げるやいなや、吹っかけてきよった」

「小便しただけでか」

元が眉間に皺を寄せる。

大上が声音を高くした。

「喧嘩(ゴロ)売るんに、理由なんかあるかい。目が合った、面構えが気に入らん、なんでもありじゃ。こんならもそうじゃろうが」

大上が沖たち三人を見渡す。口角を上げた。

「じゃが、心当たりは、ないこともない。たぶん――」

大上はそこで、含み笑いを漏らした。

「わしの一物がよ、そいつらよりデカかった」

元が大声で笑う。三島も口の端で笑った。

沖は笑わなかった。やつの持ち物の話なんかどうでもいい。さっさと話を進めろ、そう心のなかで毒づく。

沖の内心が伝わったのか、大上が話を繋ぐ。

政の子分は六人。みな若く、喧嘩慣れしているのか、身のこなしに隙がない。

大上も体力と腕力には自信があった。が、相手はバリバリの愚連隊だ。多勢に無勢で、さすがに分が悪い。ど突かれ、蹴られ、大上の顔はサッカーボールのように腫れあがった。着ていたシャツは引き裂かれ、ズボンは泥まみれ。それでも、大上は音を上げなかった。

「わしも、喧嘩は朝飯前の口じゃ。黙ってやられとったわけじゃない。反撃に出た。金的、頭突き、嚙みつき、なんでもありじゃ。ふたりはのしたかのう。その場におったもんのうち五人は、無傷じゃ帰さんかった」

「六人のうち五人やりあげたんか。やるのう！」

元が興奮気味に叫ぶ。

大上が焼酎の水割りを口に運ぶ。喉を湿らせると、素っ気ない口調で肯いた。

「まあの」

大上の武勇伝を、沖は話半分に聞いていた。喧嘩自慢は吹かしてなんぼ、だ。なかには、米粒を握り飯大にまで膨らませて話すやつもいる。だが、枝葉は別にして、話の大筋は間違ってはいないだろう。この男なら、そのくらいやりかねない。

大上は煙草の煙を大きく吐き出すと、じゃが、と顔を顰めた。

「最後に出てきたひとりが厄介じゃった。あとで知ったが、もとはプロボクサーでのう。目ェ悪うして引退したらしいんじゃが、こいつの拳はすごかった。腐っても鯛いうが、辞めてもプロはプロよ。腹に一発喰ろうただけでゲロ吐いて、起き上がれんかった。こりゃァ、下手したら殺されるかもしれん。金玉がキュンと上がってのう、脂汗がだらだら出てきた。そんときよ、怒鳴り声が聞こえたんは」

大上は、声音を真似るように、だみ声を張り上げた。

「おどれら、子供相手になにしとるんなら！　みっともない真似しくさって！」

カウンターにいた真紀たちが、驚いて一斉に振り返る。こっちに構うな――沖が睨むと、女たちは慌てて顔を戻した。

大上は懐かしむような目で、遠くを見た。

「地面にうずくまった恰好で、ようよう首だけあげた。ほしたら、目の前に革靴のつま先があった。鏡みたいにピカピカでのぅ。あとで聞いたが、イタリアの高級品で、若いもんが二時間かけて磨いとったげな」

政は、その場を目にして、たちどころに状況を把握した。一喝するとたちまち、若いもんにビンタを食らわしたという。

「地面に伸びとるやつも、胸倉を摑み上げてこうやって——」

大上が右手を掲げて、往復ビンタの真似をする。

「張り倒すと、わしのところにやってきてのぅ。片膝ァ突いて、内ポケットから札を挟んだマネークリップを取り出した。数十枚はあったかのぅ。そこから五千円札を一枚抜き出して、わしの目の前に置いたんじゃ。これで病院行って、新しい服買えや、言うてのぅ。当時の五千円いうたら、大金じゃ。そりゃァ、恰好よかったで。ダブルの白スーツにサングラス。頭はポマードで固めて、前髪がのぅ、こうちょこっと——」

言いながら大上は、自分の前髪を一筋、二筋、額に垂らした。

「ちょうど、眉間の斬り傷に掛かるよう、前髪が垂れとるんじゃ。それでわかった。ああ、これが向こう傷の政か、いうてのぅ」

耐え切れず、沖の口から失笑が漏れた。

「おっさん。それ、なんの映画じゃ」

そんな出来過ぎた話、あるわけがない。白のダブルにサングラスなんて、いまどきヤクザ映画の役者だって身に着けない。

沖の茶々を、大上は無視して話を続けた。煙草を灰皿で揉み消す。

「政は広島の不良の憧れの的じゃった。極道相手にもイケイケでのう。ダンプカーみとうに、破竹の勢いでシマを踏み潰して、自分のもんにしとった。一時はのう、市の西半分は政、東半分は綿船組で、広島の勢力図は二分されたくらいよ」

元はもともと飽きっぽい。最初は大上の話を身を乗り出して聞いていたが、興味がなくなったのだろう。大きな欠伸をした。そっぽを向いて吐き捨てる。

「おっさん。話が長いんじゃ」

三島は黙ってグラスを傾けている。足元に目をやると、膝頭を小刻みに揺らしていた。いつまでも本題に入らない大上に、焦れているのだ。

与太話に付き合うのも、これが限界だ。沖は大上を睨みつけた。

「その政っちゅうやつが、わしらとなんの関係があるんじゃ」

大上は氷が溶けた水割りに焼酎をなみなみと注いだ。迎えにいくように口を運び、中身を舐めとる。そのまま上目遣いに沖を見た。

「こんなの声がのう。政とよう似とるんよ」

「なんじゃと？」

思わず訊き返した。

大上はグラスに氷を入れ、手に持ってぐるりと回した。

「最初は気がつかんじゃった。どっかで聞いた覚えのある声じゃ、思うてようよう考えたら、こんなの声は、政とそっくりじゃった」

目を細め、大上を見た。

「じゃけえ、わしのことを気に掛けとる、いうんか」

大上は肯いた。

「ああ、そうじゃ」

カラオケの曲が途切れた。

沖は手にしていたグラスを、テーブルに乱暴に置いた。

「そがあな話、わしが信じる思うちょるんか！」

静かになった店内に、怒声が響く。

声を低めて言った。

「散々、どうでもええ話しくさって、それが答えか。ガキの言い訳じゃないんど」

沖の言葉に、三島が声を被せた。

「どうせ、作り話じゃろうが」

大上がどう言い繕うか。沖は出方を窺った。

少しのあいだ、大上は自分のグラスに目を落としていた。が、やがて、沖を見やると口の端を上げた。

「ほうよ。作り話よ」

悪びれもせず、嘘だと言い切る大上の太々しさに、沖の怒りは沸点に達した。

「おどれ、おちょくるんも大概にせえ！」

沖はソファから立ち上がった。摑みかかるつもりだった。身体の痛みよりも、怒りが勝った。

三島が慌てて止めに入る。沖の肩に手を置き、力ずくでソファに座らせた。

「沖ちゃん、落ち着けや。それにしてもおっさん」

三島が大上を睨む。

「あんた、なに考えとるんじゃ。ここまでわしらコケにする理由はなんじゃ」

元も腕まくりで臨戦態勢に入る。

大上が片手を上げ、鼻息を荒らげる沖たちを宥めた。

「まあ、黙って最後まで聞けや」

大上は真顔になって、話を続ける。

「政の話はほんまじゃ。威勢がよかったのも、恰好よかったのも、のう。じゃが、飛ぶ鳥を落とす勢いじゃった政も、最期は哀れなもんでのう」

大上がわずかに目を伏せる。

「極道の米櫃に、手を突っ込み過ぎてのう。広島中の極道から目の敵にされて、追い込みを掛けられた。追い詰められて、情婦の家におるところを、身柄ァ拉致られてよ。膾斬りにされて、那可川に放り投げられた」

大上は自分の手を見つめた。

「政の手と足の指は全部、詰められてのう。目玉は潰されとったらしい」

元が顔を顰める。

大上は、きつい目で沖を見た。

「極道はのう、顔で飯食うとる。極道の喧嘩いうたら、殺るか殺られるかのふたつにひとつじゃ」

「そがあなことァ、あんたに言われんでもようわかっとる」

沖は啖呵を切った。

「のう、虎」

大上は、沖の顔を覗き込み、諭すような口調で言った。

「こんながなんぼ太うなってもよ、金看板の筋者に手ェ出したら、明日は太田川か那可川か、三途の川に浮かぶんで。政みとうによ」

元が挑みかかるように、声を張り上げた。

「極道がなんぼのもんじゃ！　わしら呉寅会に、怖いもんなんか、ありゃァせんわい！」

いきり立つ元を無視して、大上は声に凄みを滲ませた。

「わしゃあ、本気で、言うとるんで」

大上が放つ威圧感に、沖は唾を飲み込んだ。威勢が良かった元も、口を閉ざした。三島は俯いている。

大上は一転、静かな口調で言葉を発した。

「三年前の五十子の覚せい剤強奪したんも、一年前に起きた綿船んとこの賭場荒らしも、やつら、ぼちぼち的を絞りはじめとる。やつらが襲撃した犯人を見つけたら、そいつらは間違いなく殺られる。極道の顔に、糞どころか唾や小便も塗りたくったんじゃ。政の殺され方がマシに思えるくらい、惨たらしいやり方でのう」

大上は、新しい煙草を咥え、火をつけた。

「そいつらが川に浮かぶのも、時間の問題じゃ」

元が、肩をぶるっと震わせた。おそらく、自分がなぶり殺しにされる最期を想像したのだろう。三島の顔も、心なしか青ざめている。

沖は、大上の口を怒声で遮りたかった。が、喉が詰まったように、声が出ない。

大上は、灰皿に煙草の灰を落とした。

「のう……」

沖と元、三島の視線が、一斉に大上を捉える。

「一度しか言わんけん、よう聞いとけ。極道の米櫃に手を突っ込んで、こんならが殺されるんは構わんが、呉原の尾谷と、綿船んところの瀧井にゃァ、絶対に手を出すな。念のため言うとくが、堅気に手ェ上げたら、こんならみんな、死んだほうがましじゃ、いうて思えるくらい締め上げて、一生、ブタ箱へ抛りこんじゃる」

沖は眉根を寄せた。

大上が言う、絶対に手を出してはいけない極道が、呉原の尾谷組だというのはわかる。組長の尾谷憲次は、昔気質の筋が通った極道だ。尾谷の薫陶を受けた若頭の一之瀬守孝も、大上が言うところの「生腰」のある筋者だとの噂だった。

わからないのは、瀧井組だ。瀧井組は、金看板である綿船組の二次団体だ。それをいうなら、笹貫組も同じだ。ほかにも、綿船組の二次団体は多くある。そのなかで、なぜ大上は瀧井にだけは手を出すな、と言うのか。

自分を見る沖の目から、疑問を感じ取ったのだろう。大上は歯を見せ、やんちゃ坊主のような顔で言った。

「瀧井はのう、わしの——友達じゃけ」

沖は心のなかで舌打ちをくれた。どこまでいっても食えないやつだ。

「安藤はどうしたんなら」

三島が大上を見ながら、ぼそりと訊いた。

安藤将司のことは、沖も気になっていた。吉永とのタイマンに決着がついたあと、大上はトランクに安藤を詰め込んだまま、車をどこかへ走らせた。

ああ、と大上は声を漏らし、煙草の煙を天井に向かって吐いた。

「心配せんでもええ。ありゃァわしの知っとる医者んところへ運んである。署に連れて帰りゃァ、事件にせんと、いけんけえのう。あの医者は銭には汚いが、口は堅い。安心せえ」

まだ、怯えているのだろう。元が、恐る恐る口を挟む。

「ほいで安藤は、どうすんの」

「安藤かァ」

大上は遠くの方向を見た。

「ありゃァ、わしが飼うちゃる」

スパイにするということか。

沖の胸に、粘りつくような疑念が頭を擡げる。自分の身近にいる人間も、すでに大上に飼われているはずだ。そいつは誰か。

「あんた、わしんとこの者を――」

本音をぶつけようとしたとき、大上はいきなり立ち上がった。

カウンターの女たちが、気配を察して振り返る。

大上は、財布から一万円札を取り出し、テーブルに置いた。

「こんならと違（ちご）うて、わしゃァ公務員じゃけ。明日も仕事じゃ。そろそろ帰るわい」

沖は勢いよく立ち上がった。

「まだ話は終わっとらん！」

引きとめようとする沖を無視して、大上が出口へ向かう。

「おどりゃ、どこまでわしをコケにするんじゃ！」

沖はあとを追おうとした。

大上はドアノブに手をかけて、沖を振り返る。

パナマ帽を被り直し、ズボンのポケットに空いている手を突っ込む。真顔で言った。

「ええか。わしの言うたこと、忘れんなや。ちいと大人しゅうしとれ。極道はのう、一遍、殺（や）ると決めたら、なにがあっても殺（と）りにくるんで。特にこんなみとうなんは、ただでは殺してくれん。散々いたぶって、なぶり殺しにされるんど」

大上の視線が突き刺さる。

怖気（おぞけ）が立った。いままでどこか遠かった死が、大上の言葉で現実味を帯びる。

俺は殺されるのか。極道から陰惨な拷問を受けて。死ぬときは痛いのか、苦しいのか、それともなにもわからないまま終わるのか。

——この店を出たら、五十子や綿船の組員が待ち構えているかもしれない。

こめかみを汗が一筋伝う。

「虎ちゃん」

名を呼ばれ、はっとして横を見た。真紀が心配そうに顔を覗き込んでいた。

我に返った沖は、出口を見た。

大上がドアを開けて、出ていくところだった。

精一杯、虚勢を張った。声を振り絞る。

「大上！　待てや！」

振り返ることなく、大上は店を出ていった。

十四章

――平成十六年八月二日。

上ってきた石段の途中で、沖虎彦は足を止めた。

いまきた道を振り返る。

然臨寺の高台からは、瀬戸内海が一望できた。

夕陽が海に反射している。

沖は目を細めた。

空の色を映して橙色に染まる海も、日中の熱気が残る夕風も、四方から聞こえてくるヒグラシの声も、昔と変わらない。

水が入った手桶を持ち直し、沖は再び石段を上りはじめた。

然臨寺は、広島市の東端に位置する小山にある。

旧盆を前に参った者が供えていったのだろう。丘の傾面の墓地には、色とりどりの盆提灯が立ち並んでいた。

石段を上っていくと、道端に百日紅が咲いていた。見事な枝ぶりから、かなりの樹齢と思われる。

沖は百日紅の樹の角を、右に曲がった。数えて三つ目の墓を見やる。飾り気のない墓石に、大上家之墓と刻まれていた。

誰かが参ったあとなのか、墓の周辺は掃除されていた。雑草は刈り取られ、供えられた菊の花はまだ咲いている。

脳裏に浮かんだのは、晶子の顔だった。大上の行きつけだった「小料理や　志乃」の女将だ。

――ガミさんのお墓ならすぐわかるよ。百日紅の樹を右に入って三つ目じゃけえ。

大上の墓を探している沖に、そう教えてくれたのが晶子だった。

沖は、墓石の横にある、板状の石を見た。墓に入っている者の名前が刻まれている。右から順に、大上清子、大上秀一とあり、その隣に大上章吾とあった。

沖は柄杓で手桶の水を汲むと、墓にかけた。残った水は、地面に撒いた。

シャツの胸ポケットから、煙草を取り出す。火をつけて墓に供えた。線香代わりだ。

自分も新しい煙草に火をつけて、胸に深く吸い込んだ。墓石に向かって、煙を吐き出す。

――おっさん。

心のなかで呼びかけた。呼びかけたはいいが、あとに続く言葉が見つからず、ただ立ち尽くす。

大上が死んだと知ったのは、熊本刑務所のなかでだった。

逮捕された沖は、鳥取刑務所に収監された。鳥取、福岡を回り、最後に入っていた熊本刑務所を出所したのは、一週間前だ。刑務官と揉めて不良押送を繰り返し、懲役を満期で終えての出所だった。

沖が逮捕されたのは、瀬戸内連合会の頭、吉永猛とのタイマンに勝ち、呉寅会の勢力を一気に伸ばした翌年だ。

罪状は、殺人教唆、銃刀法違反、凶器準備集合、傷害、覚せい剤取締法違反。札束を積んで雇った弁護士は、不幸な生い立ちと家庭環境を持ち出し、情状酌量を求めた。一方、検察は、沖の率いる不良グループは暴力団と同等に凶悪な集団であるとし、少年院送致の過去と行状から、懲役二十年の重罰を求めた。裁判官が下した判決は、求刑より二年安い懲役十八年だった。

広島の笹貫組が、呉寅会に追い込みをかけはじめたのは、瀬戸内連合会を傘下に収めた一か月後だった。

吉永とタイマンを張った夜、クインビーで大上が残した言葉が、沖はずっと胸に引っかかっていた。

――三年前の五十子の覚せい剤強奪したんも、一年前に起きた綿船んとこの賭場荒らしも、やつら、ぼちぼち的を絞りはじめとる。

あのときの大上の真剣な表情が、眼前から離れなかった。三島考康と重田元も同じだったらしく、呉寅会のメンバーが二百名を超える大所帯になったというのに、日々、浮かない顔をしていた。

当時は、己の心境を、よくわかっていなかった。いや、わかっていたが、認めたくなかった。あの頃の自分を支配していた感情は、怯えだ。ほんの微かな物音が気になり、飯の味がしなくなった。かつて自分を守っていた暗闇が恐ろしくなり、己の身が悲惨な姿で川に浮かぶ夢を見た。

子供の頃は、父親の存在に毎日、怯えて暮らしていた。その父親が死んでから、怖いものがなくなった。怯えというものを忘れていたのだ。

極道も愚連隊も、構図は同じだ。

上が奮えば下は立ち上がり、上が怯めば下は竦む。

心の奥に封印したはずの怯えは、波のように下へ伝わった。

メンバーを集結して檄を飛ばしても、手応えがなかった。声を張れば張るほど、言葉がうつろに響く。自分自身、そう感じた。

死への恐怖——あれほど忌諱していた怯懦が、頭を擡げた。

いつ死んでもいい、そう思ってきたはずなのに、なぜ恐怖を感じるのか。

自らに問いかけたが、答えは見つからなかった。

笹貫組が沖たちを狩りだしたのは、呉寅会の足元がぐらつきはじめたときだった。

最初に襲われたのは、高木だった。

フリー雀荘を塒にしている高木は、確実に狙える絶好の的だった。雀荘を閉めた深夜、ゴミ袋を店の裏口から出したところを、三人組に襲われた。

笹貫組のバッジをつけた男たちは、高木を締め上げた。沖の居場所を吐け、と殴る蹴るの暴行を繰り返した。

高木は少年院に三年入ったことがある。呉寅会のなかでも、肝は据わっているほうだ。笹貫組のリンチにも、口を割らなかった。

しかし、ひとりの男が取り出した武器が、高木の心を折った。サバイバルナイフだ。

高木は二人掛かりで後ろから羽交い締めにされて、口をこじ開けられた。

「しゃべれんのなら、いらんじゃろう」

男は高木の口から、舌を引きずり出し、サバイバルナイフをちらつかせた。

はったりではない、と高木にはすぐわかった。

——こいつらは本気だ。

そう思った瞬間、言葉が口を衝いて出ていた。

「広島じゃ！　広島におる！」

「広島の、どこなら！」

男がナイフを舌に当て、問い詰める。

高木は失禁した。沖の塒は、三島と元にしか教えていない。高木には、答えようがなかった。

「それしか知らん！　ほんまに知らんのじゃ！　のう、頼む。それだきゃァ、勘弁してくれ！」

男が舌に切り込みを入れた。

涎を垂れ流す口元から、絶叫が迸るはずだった。が、こじ開けられた口から漏れたのは、喉を震わせる、くぐもった振動音だけだった。

高木は何度も尋問された。しかし高木に出来たのは、首を左右に振ることだけだった。そのたびに、切り込みが深くなった。

高木の答えがどうあろうと、男たちの腹は最初から決まっていたのだろう。高木の舌を、躊躇なく切り落とした。

血塗れの高木を発見したのは、新聞配達の少年だった。

沖が寝泊まりしていた真紀の部屋に、元が駆け込んできたのは、翌日だった。

「高木がやられた！　笹貫組の仕業じゃ！」

高木への凄絶なリンチを知った沖は、戦慄した。

耳に、大上の声が蘇る。

――極道はのう、一遍、殺ると決めたら、なにがあっても殺りにくるんで。特にこんなみとうなんは、ただでは殺してくれん。散々いたぶって、なぶり殺しにされるんど。


沖は、染みで汚れた部屋の壁を睨んだ。

――こうなったら、殺られる前に殺るしかない。

沖は気力を振り絞り、自らを奮い立たせた。

目にありったけの力を籠め、元に命じた。

「メンバーをいつもの場所に集めろ」

いつもの場所とは、吉永とタイマンを張った工場跡だ。瀬戸内連合会を吸収したあと、沖はその場所を呉寅会の集合場所にしていた。

「それから、三島と林に、ここへ来るように伝えい。ああ、いますぐじゃ」

元の顔には、血の気がなかった。恐怖ですくみ上がっている。

青ざめた顔で立ち尽くしている元を、沖は怒鳴りつけた。

「なにぼさっとしとるんなら！　さっさと行かんかい！　もう戦争ははじまっとるん

で！」

沖の怒声で我に返ったのか、元は靴を履くのももどかしそうに、部屋を飛び出していった。

昼間という時間帯にもかかわらず、吉永とタイマンを張った工場跡に集まった呉寅会のメンバーは二百名を超えた。

セドリックの屋根に仁王立ちし、沖はメンバーに向かって声を張った。

「笹貫と全面戦争じゃ！　この戦争に勝って、わしらが広島の天下をとる。腹ァ括って、ついてこい！」

一時、土台が揺らいでいた呉寅会だが、このときは結束した。少なくとも、沖にはそう見えた。

沖は、二本目の煙草に火をつけた。大上の墓を見やりながら、今度は声に出して言う。

「なあ、おっさん。なんか言えや。のう、前みとうに吼えてみい」

静寂——盆提灯の飾りが風になびく音と、ヒグラシの鳴き声しか聞こえない。煙草の煙が、風に消えていく。

高木を襲撃した日から、笹貫組は〝虎狩り〟と称し、本腰を入れて呉寅会を潰しにかかった。

日を置かず、メンバーが次々と襲われた。ある者はすべての指を折られ、ある者は脳挫傷を起こし、ある者は情婦を目の前で乱暴されたうえ、半殺しにされた。

笹貫が動き出したと知って、真っ先にケツを割ったのは、元瀬戸内連合会のやつらだった。

仲間の身に続出する凄惨なリンチを知るや、蜘蛛の子を散らすように逃げ出した。なかには、敵方の笹貫組に寝返る者もいた。

呉寅会のメンバーは、半月で四分の一に減った。残ったやつらは、皆、呉寅会の生え抜きだった。

テレビのニュースや新聞が、笹貫組と呉寅会の抗争を扱わない日はなかった。大半のマスコミが、呉寅会を準暴力団と見做した。

当然、県警は特別捜査本部を立ち上げた。あとで知ったが、広島北署の大上は対笹貫班に加わり、笹貫組の情報収集と組員の取り調べを担当していた。

一方で綿船組本体は、静観を決め込んでいた。あくまでも、笹貫組単独の抗争、という立場を崩さなかった。下手に兵隊を出せば、後難が降りかかることは目に見えていた。

沖たち残りのメンバーは、笹貫組組員に執拗な報復を繰り返した。目には目を、歯には歯を、で同等の仕返しをした。

双方から多くの逮捕者と負傷者が出たが、勝負は互角――笹貫との争いは、均衡を保っていた。

バランスが崩れたのは、抗争が勃発してひと月後のことだった。

呉寅会からついに、死者が出たのだ。

一線を越えた原因は、林への襲撃にあった。

林は人嫌いだった。沖たちは例外だが、出歩くときは大概ひとりだ。笹貫組との抗争が激化しても、林はそのスタイルを崩さなかった。

その日、林はいつものようにひとりで夕飯を食い、塒へ帰る途中だった。自動販売機で寝酒を買っているところを、背後から三人組に襲われた。

日本刀を担いだ三人は、容赦がなかった。

林をひと気のない裏道に引きずっていくと、地面に押し倒し、両手を後ろで縛った。罵声を浴びせる林の口に用意していたタオルをねじ込み、身体の自由を奪うと、三人は激しい暴行を加えはじめた。

林は一命をとりとめたものの、肋骨と大腿骨を折られ、最後は、右腕を斬り落とされた。

車上荒らしをシノギにする林は、飯のタネを奪われた。

沖は激怒した。三島と元も同じだ。林に可愛がられていた昭二と昭三の怒りは、沖たち以上だった。

「笹貫のやつら、皆殺しじゃ！　いまから事務所へ殴り込んだる！」

隠れ家から飛び出していこうとするふたりを、沖は止めた。気持ちはわかる。しかし、ふたりで襲撃をかけても、多勢に無勢でやられるのは目に見えている。いまから呉寅会のメンバーに召集をかける。数がそろうまで待て、と命じた。

沖の説得に、昭二も昭三も、折れたように見えた。しかし、ふたりは堪えきれなかった。沖に無断で、報復に走った。

林の腕を斬り落とした幹部の住居へ、殴り込みをかけたのだ。

昭二と昭三の最期は、呆気ないものだった。

ふたりは、幹部の銃弾に倒れた。

45口径のコルトガバメント――腹に文字通り風穴を開け、顔面を吹き飛ばされた。

ふたりが焼かれている斎場で、昭二と昭三の母親と会った。所轄の遺体安置所で、遺体の確認をしたという母親は、どちらが昭二でどちらが昭三か、親でさえもわからなかった、と泣き崩れた。

斎場を出た沖は、元と三島へ向け、唾を飛ばした。

——四十五（ヨンハン）じゃ。ヨンハン用意せい！　昭二と昭三はヨンハンでやられたんじゃけ、笹貫の首はヨンハンで殺（と）っちゃる！

三島と元が、たけり狂う沖をなんとか宥（なだ）めようとした。

振り回す腕をふたりに摑（つか）まれながら、沖は、笹貫の顔を思い浮かべた。以前見た、実話系の週刊誌に笹貫の写真が載っていた。太々（ふてぶて）しい面構えとは、こういうものをいうのだろう、そう思わせる顔だった。

あれほど自分を苛（さいな）んだ、死への恐怖はなかった。

心の底から湧き上がる強烈な怒りのマグマは、死への恐怖さえも溶かす。

——あのときと同じだ。親父を殺したあのときと。

肩が知らず震えた。

恐怖からくる震えではない。

武者震いだ。

沖は、はっきりと自覚した。

沖は隠れ家に、三島と元、信用できる呉寅会の初期メンバー三人を呼びつけた。

この頃、沖は真紀のアパートから塒を移した。自分が出入りしていては、真紀を巻き添えにする危険がある。そう考え、広島市郊外の空き家に布団を持ち込み、そこをアジトにした。

隠れ家にメンバーが集まると、沖は笹貫を潰す計画を周到に練った。

事務所に襲撃（カチコミ）をかけたところで、笹貫がその場にいるとは限らない。第一、笹貫の事務所周辺には監視カメラが何台も設置され、ドアには厚い鉄板が嵌（は）め込まれている。厳重な監視と防御を掻（か）い潜（くぐ）り、首を取れる可能性は百にひとつだ。

笹貫の住居（ヤサ）を襲うことも考えたが、女子供を巻き添えにする可能性がある。

殺（や）るなら、車だ。林の情報から、車体と窓ガラスには特注の防弾仕様がなされていることはわかっていた。マシンガンを連射したところで、確実に仕留められるかどうか、不安が残る。車に乗降するところを狙うのが、もっとも成功の確率が高い。沖はそう判断した。

笹貫は家でも事務所でも、車庫で乗り降りしている。家には家族がいるし、事務所は鉄壁の警備だ。狙うとすれば、それ以外の場所しかない。

それはどこか。必死に考えた。仕留めるとすれば、可能性の有無ではなく、確実性が問われる。メンバーの口から様々な案があがったが、どれも決め手に欠けた。

思案に暮れるなか、義理事（ぎりごと）で笹貫が岡山に向かうとの情報を元が摑んだ。岡山市内で、一岡（いちおか）組三代目の襲名披露に出席するという。

笹貫が岡山に出発するのは襲名披露の前日、情報を得た日から一週間後だった。

移動中なら、無関係の人間を巻き添えにする危険は少ない。鉄壁の警備も、普段より崩しやすいだろう。殺るならそのときしかない。

三島と元をはじめとする襲撃メンバーも、沖の意見に賛同した。

沖たちは、笹貫が岡山へ向かう前夜、襲撃の準備を整えた。

揃えた武器は、日本刀、マシンガン、拳銃だ。

見るからに組のものとわかる車両を襲撃し、トランクに隠し持っている武器を盗んだり、チンピラから脅し取ったりして揃えた。呉寅会のメンバーが所持しているものもある。

沖が持つのは45口径だ。裏路地を歩いていたチンピラから奪ったものだ。昭二と昭三の仇は、これで討つと決めていた。

パーキングエリアでのトイレ休憩、信号待ち、踏切——笹貫の車が停まったとき、マシンガンの連射で防弾ガラスを打ち破り、45口径のコルトで仕留める算段だった。

もしそれが不可能なら、最悪、襲撃場所は円井楼と決めていた。一岡組組長の襲名披露が行われる、岡山市内の料亭だ。その門前に笹貫が着いたとき、やつを確実に地獄へ突き落とす。

襲名披露がはじまるのは、午前十時だ。広島を出たときから、笹貫の車を尾行する。運よく岡山までたどり着けたとしても、笹貫の命運はそこで尽きる。万が一に備え、別動隊の三島ら三人は、朝の八時から、円井楼の近くで待機する手筈になっていた。

念入りに武器を点検し、床に入った。明日は早い。少しでも長く寝て、万全の態勢で臨まなければならない。そう思うのに、寝付けなかった。気持ちを落ち着かせようとするが、笹貫が血塗れになってこと切れる姿が脳裏に浮かび、神経が昂ってしまう。他のメンバーも同じらしく、狭い部屋で雑魚寝をしながら、ひっきりなしに寝返りを打っている。

時間が気になり、沖は枕元の目覚まし時計を手に取った。

蛍光塗料を塗られた時計の針が浮かびあがる。

午前二時。いまから寝入ったとしても、数時間しか眠れない。

沖は、意識して閉じていた瞼を開けた。

天井からぶら下がる裸電球が見える。

暗がりにぼんやりと浮かぶ白い球体を見つめる。

恐怖と驚愕——死の直前の笹貫の顔が、脳裏をかすめた。

頭のなかで、裸電球に拳銃の弾を打ち込んだ。電球が木っ端微塵に砕ける。瞬間、スローモーションとなって欠片が粉雪のように降り注ぐ。

その光景が、笹貫の最期と重なる。

色は白い雪ではなく、どす黒い血しぶき。

脳漿が吹き飛ぶ様を想像した。

ぶるっと、身体が震える。

武者震いだ。

そう思おうとした。

眠るどころか、目はますます冴えてくる。

沖は天井に向かって手を伸ばした。宙で、裸電球を握りつぶす。

眠れないなら、このまま朝まで起きていよう。憤怒と復讐の炎を、無理に鎮める必要はない。胸に滾るありったけの憎悪を拳銃の弾に込め、気が済むまで笹貫の脳天に打ち込めばいい。

そう腹を決めたとき、部屋の窓ガラスが割れ、強烈な光の束が目を貫いた。

刹那、なにが起こったかわからなかった。が、すぐに、脳が敵の襲撃だと察知した。

閃光弾——笹貫の襲撃。

目を瞑り、声を限りに叫ぶ。

「武器じゃ。武器！」

枕元の側に置いてある拳銃を、手探りで引き寄せた。

忙しなく動くメンバーの手が重なる。みな必死に、臨戦態勢を取ろうとした。

フラッシュライトが消えた瞬間、大勢の人間がなだれ込んできた。

投光器が沖たちを照らす。

男の怒声が響いた。

「警察だ！　動くな！」

耳を疑った。なぜ警察が――。

「武器を捨て、両手をあげろ！」

逆光――目が視界を取り戻す。

防弾チョッキを身に着けた警官隊が、中腰で銃を構えている。

「抵抗したら、容赦なく発砲する！」

別の男が警告した。

完全武装の警官隊。十人以上いる。

「早う、せんか！」

苛立った声で、若い警官が語気を荒らげた。

トリガーに指が掛かっている。

指は震えていた。

いまにも、銃口が火を噴きそうだ。

言われるまま、沖はゆっくりと銃を畳に置き、両手をあげた。

メンバーもみな、沖に倣う。

警官隊が一斉に飛び掛かってきた。

「確保！」

「放せ！」

「なんなら、お前ら！」

警官隊とメンバーの怒声が飛び交う。

沖は後ろから、身体を羽交い締めにされた。

数人がかりで、自由を奪われる。

見知った顔が、目の前に立った。

「大上――」

眉根を寄せ、苦いものでも吞み込むような顔をした大上は、しゃがれ声を発した。

「虎、年貢の納めどきじゃ。往生せい」

沖はすべてを察した。

スパイの仕業だ。

隠れ家を用意してから、まだ日は経っていない。いくら警察が優秀だとしても、これほど短い日数でここを探り出すのは無理だ。仮に、探り当てたとしても、沖たちが笹貫を襲撃する直前に踏み込むのは出来過ぎている。

胸に、笹貫への怒りとは違う憎悪が込み上げてきた。

沖は大上を睨んだ。

「……誰じゃ」

胸にわだかまって粘りつく疑問を、大上に向かって吐き出した。

「こんなにわしらを売ったやつは誰じゃ！　おお！」

沖は大上に摑みかかろうとした。

三人の警察官が、暴れる沖を懸命に抑える。

沖は身をよじりながら怒鳴った。

「誰を誑し込んだんじゃ！　言え！　裏切り者は誰なら！　ぶっ殺しちゃる！」

沖の肩を抱いていた警官の腕が、首に回された。きつく絞め上げてくる。

喉から呻き声が漏れた。顔が熱くなり、意識が遠ざかる。

顎を下げ、落ちないように抗った。

こじ開けた瞼の隙間から、大上の顔が見えた。

苦悶にも似た歪んだ表情で、じっとこちらを見ている。

「お、お、がみ……」

声を絞り出す。喉が半分潰されている状態では、それだけ言うのがやっとだった。

大上は沖の頭上に視線をずらし、ぼそりとつぶやくように言った。

「なんのことじゃ」

白を切る。

怒りで我を忘れた。声にならない声で吠える。

「おどれ……」

大上は沖の背後にいる警官に目をやると、玄関に向かって顎をしゃくった。

「連行せい」

命じられた警官は、三人がかりで沖を外へ引きずり出した。

パトカーの後部座席に座らされた沖は、前方を凝視した。が、視界に景色はなかった。あるのは、大上の残像だけだった。

自分を見据える大上の顔に浮かんでいた表情は、哀れみか嘲りか。

沖は奥歯を嚙みしめた。

裏切り者は誰だ――。

手錠を嵌められた手が、怒りで震えた。

警察に連行された沖たちは、六人全員、裁判で長期刑を喰らった。銃刀法違反、凶器準備集合、床下に隠していた営利目的の覚せい剤所持、そこにかつての傷害が加わり、沖は十八年、三島は十五年、元は十年の懲役だった。ほかのメンバーは、八年がふたり、五年がひとりだ。

頭を失った呉寅会は、大きく揺れた。

呉寅会のメンバーは、最も多いときで二百名を超えていた。だが、笹貫組との抗争で、逮捕者、離脱者が相次ぎ、その時点で、ほぼ四分の一になっていた。そこに追い打ちをかけるかのような沖たち幹部の逮捕は、残されたメンバーの士気を完膚なきまでに叩き潰した。呉寅会は、沖たちの逮捕から半月も経たずに、跡形もなく壊滅した。最初に収監された鳥取刑務所で、沖は来る日も来る日も考えた。

いったい誰が密告したのか。大上は誰を飼っていたのか。

メンバーの顔をひとりずつ思い浮かべ、当時の言動を振り返った。

刑務所での生活は、規則にしばられ、同じことを繰り返すだけだ。変化がない時間は、人の思考を堂々巡りさせる。出口のない猜疑心は、際限なく膨らみ、沖を塗炭の苦しみに沈めた。

メンバー、抱いた女、行きつけだった店のホステス、すべてを怪しんだ。元や三島、林も例外ではない。右腕ともいえる幹部たちさえ疑った。しかし、いくら考えても、裏切り者の正体は判然としなかった。

沖は毎晩、床につくと、同じ言葉を心のなかでつぶやいた。

——覚悟しちょけ。娑婆に戻ったら、きっちりケジメをつけちゃる。

長い刑務所生活で沖が腐らずにいられたのは、雪辱、その一念があったからこそだ。姿が見えない裏切り者を、思いつく限りの方法で痛めつけ、殺すことだけを考えた。

大上と裏切り者への恨みは、時を経ても薄れることはなかった。むしろ、強くなっていく。

刑期を終えて出所したら、沖は、その足で大上のところへいく気でいた。どんな手段を使ってでも大上の口を割らせ、裏切り者を炙り出すつもりだった。

しかしその決意は、実を結ばなかった。

大上は死んだ。

出所した沖を出迎えたのは、三島ひとりだった。

熊本刑務所の門を出た沖は、塀に背を預け、俯いて足元を見ている男を見つけた。細身の体軀と、少し背を丸めて両手をポケットに突っ込んでいる姿は、二十年経っても変わっていない。

ボストンバッグひとつで目の前に立った沖に、三島は煙草を差し出した。口に咥えると同時に、三島が百円ライターで火をつける。

大きく吸い込んだ。二十年ぶりのニコチン——頭がくらくらした。

紫煙を吐き出す沖に、三島は昨日会ったばかりのような口調で言った。

「調子はどうじゃ」

改めて近くで見ると、整髪料で整えた髪には白いものが交じり、顔には細かい皺があった。考えてみれば、ふたりとも四十を過ぎている。二十年の月日が経ったのだと実感した。

時間の経過を感じつつも、沖は二十年前と変わらない口調で答えた。

「良うもないが悪うもない。そっちはどうじゃ」

三島は小さく笑った。

「まあ、ぼちぼちじゃ」

白いポロシャツに、生成りのパンツを穿いている。足元は革靴だ。上等なものには見えないが、悪いものでもない。少なくとも、暮らしが逼迫している感じではなかった。

駅まで歩き、裏通りにある定食屋に入った。

小さな店内は、サラリーマンと思しき男が、カウンターにひとりいるだけだった。

壁にかかった時計に目をやる。十一時半だ。

テーブル席につくと、三島は胸ポケットから、封切り前の新しい煙草を取り出した。使い捨てライターと一緒に、沖の前に滑らせる。

封を開け、パッケージの頭を叩いて一本抜く。

三島が自分のライターに火をつけ、素早く差し出した。水を運んできた店主に、素っ気ない口調で言う。

「とりあえず、ビール二本くれや」

三島は、壁に貼られた品書きに視線を移した。

「兄弟——」

いつのまにか、呼び方が変わっていた。

この歳で、沖ちゃん、と呼ぶのは気恥ずかしいのだろう。

「なんがええ？　わしゃァ、広島刑務所出たとき、真っ先に食うたんはかつ丼じゃった」

かつ丼は昔から三島の好物だ。

品書きに目をやる。

カレー、焼きそば、かつ丼、親子丼、チキンライスにオムライス、焼き魚定食に煮魚定食と、大衆食堂にありそうなものは、およそなんでも揃っていた。

「焼きそばとオムライス」

刑務所にいると甘いものに飢える。同時に、ソースやケチャップにも飢える。刑務所の飯は薄味で、調味料など、塩と醤油、味噌くらいしか使われないからだ。

沖の言葉を受けて、三島が大声で注文を通す。自分の飯は、やはりかつ丼だった。

運ばれてきたビール瓶を手にし、三島が沖のグラスに注ぐ。自分の分は手酌だ。

グラスを合わせた。

ひと息で飲み干す。

アルコールが五臓六腑に染み渡る。

煙草を吸い込んだ。

娑婆に戻ったのだ、と実感した。

会ったら真っ先に訊こうと思っていたことを、沖は口にした。

「大上は、誰に殺られたんなら」

三島は小さく息を吐くと、目を逸らした。

「自殺じゃ、いうて言われとる」

確かに、新聞のベタ記事にはそう出ていた。だが、刑務所にいる広島の暴力団関係者で、それを信じるやつは誰もいなかった。

――あの大上が、自分で死ぬわけがない。

誰しもそう口にした。

三島がビールを飲みながら言う。

「わしも刑務所におったけん、詳しいことはわからん。じゃが、出てから、五十子会が噛んどるいう噂は聞いた」

五十子会の五十子正平は、大上が死んだあと、仁正会を除名された。それを機に、尾谷組と五十子会、その傘下の加古村組とのあいだで抗争の火蓋が切られた。尾谷組の若頭、一之瀬守孝は襲撃され重傷を負ったが、戦いは尾谷の一方的な勝利に終わっている。

五十子正平は尾谷組の幹部に射殺され、加古村組も多くの死傷者と逮捕者を出した。五十子会も加古村組も壊滅状態に追い込まれ、呉原はいま、尾谷組の天下だ。

事件のあと、沖がいる鳥取刑務所へ収監されてきた仁正会のチンピラから、そう聞いた。

沈黙がふたりの間に横たわる。聞こえてくるのはテレビの音と、店主が鍋を振るう音だけだ。

三島が黙って沖のグラスにビールを注ぐ。

ビールを飲み、煙草を立て続けに吸った。

ほかにも訊きたいことは山ほどあった。

三島はいま、なんの仕事をしているのか。出所したあと、どのように生きてきたのか。出所を知らせたが来なかった元はどうしているのか。腕を落とされた林は、元気にやっているのか。

なによりも、真紀はなぜ消息を絶ったのか、その理由が気にかかっていた。

沖が刑務所に入った当初は、頻繁に面会に訪れ、手紙も三日にあげず書いて寄越した。便りがぱったり途絶えたのは、七年前だ。何度手紙を書いても、梨のつぶてだった。呉寅会のかつてのメンバーやクインビーのママにも、手紙で消息を訊ねた。が、真紀の居所を知る者はいなかった。

塀のなかにいるあいだに、女が去っていくのはよくあることだ。むしろ、そのほうが圧倒的に多い。

帰って来るまで何年でも待つから——涙ながらにそう口にした女が、舌の根も乾かぬうちに離婚届を送り付けてくることなど、珍しくもなんともない。

そうわかっていても、自分だけは違う、と信じたくなるのが懲役だ。

邪念を振り払う。

「兄弟——」

沖も呼び方を改めた。

「わしゃあ、刑務所におるあいだ、ずっとひとつのことだけ考えとった」

沖は声を潜めた。

「誰かが大上にわしらを売った。それもすぐ側におる身内の誰かじゃ。こんなァ、心当たりはあるか」

三島は躊躇(ためら)うように、目を泳がせた。

沖がもう一度訊ねようとしたとき、店主が注文の品を運んできた。

焼きそばとオムライス。見ただけで腹の虫が鳴った。

沖は掻き込むように料理を平らげる。

早飯、早糞(はやぐそ)は、懲役の基本中の基本だ。

あっという間に、両方の皿を空にした。

手酌でビールを注ぐ。

手にしたグラスを通して、向こう側を見た。クインビーで、焼酎の水割りを飲んでいた大上の姿が重なる。

幻想を掻き消すために、ビールをひと息で呷った。

まだかつ丼に箸をつけている三島に目をやった。

ふと、思いもしなかった言葉が口を衝いて出る。

「大上の墓、どこにあるか知っとるか」

三島は怪訝そうな顔をした。

「なんじゃ、そがあなこと知って、どうするんなら。墓参りでもするんか」

沖は椅子の背にもたれた。

「墓参りじゃない。お礼参りよ。わしゃあ、どがあな手を使うてでも、裏切り者が誰か知りたいんじゃ。墓まで行って、やつを締め上げてくる」

冗談めかして言ったが、半ば本心だった。

——どんな手を使ってでもエスを炙り出す。

その考えに微塵の揺らぎもない。

大上の墓へ出向くのは、その決意表明だ。

脳のどこかから、そんな声がした。

三島は、大上の墓を知らなかった。大上が懇意にしていた呑み屋の女将なら知っているかもしれない、そう答えた。

「どこにある店じゃ」

沖は訊ねた。

「呉原よ。赤石通りの、路地裏にある、いうて聞いたがのう」

そう言うと、三島は箸を置き、意を決したように言葉を発した。

「兄弟。これから、どうするんや」

これからの予定ではない。シノギのことを言っているのだ。

沖はそれには答えず、吸い終わった煙草を灰皿に押しつけ、五十子から強奪した覚せい剤のことを考えた。

警官隊の襲撃で一部は押収されたが、別の場所に、まだ隠している残りがある。売り捌(さば)けば数千万にはなるだろう。

ライターと煙草をポケットにしまい、沖はゆっくりと腰を上げた。

もう一度、広島で天下を取る——。

三島から聞いたその店は、静かな裏路地にあった。

赤石通りを脇に入り、川に向かって歩いていく。ひっそりとした細道の奥に、古い和看板が灯っていた。「小料理や　志乃」と書かれている。

呉原は地元だ。繁華街にある赤石通りは、ぐれていた頃から何度も訪れていた。しかし、志乃のことは知らなかった。沖がもっぱら出入りしていたのは、ネオンと騒音が溢れる雑多な界隈で、大人が足を運ぶ小料理屋には、興味がなかった。

格子の引き戸を開けると、醤油を煮込んだ甘辛い匂いがした。

午後六時。口開けの早い時間を選んだ。他の客がいれば、訊きたいことを訊けない可能性がある。

縄暖簾をくぐり店に入ると、カウンターのなかにいる女が顔をあげた。

「いらっしゃい」

店の女将だろう。白の紬と黒の帯が似合っている。五十代前半か。薹は立っているが、髪をあげた白い項に、色香があった。

沖はあたりを見渡した。店のなかは狭く、カウンター席が四つしかない。壁には、ビール会社のポスターが貼られている。ジョッキを手にした水着姿のモデルは、沖が娑婆にいたころアイドルだった女だ。ポスターの色は、かなり褪せていた。

カウンターの隅に座った沖に、女将がおしぼりを差し出した。

「今日も暑かったですねえ」

沖は無言でおしぼりを受け取った。熱い。手を拭き、そのまま顔に当てた。温かいおしぼりで顔を拭うのはいつ以来だろう。最後におしぼりを使ったのは、クインビーだったように思う。二十年の歳月を、改めて感じた。

「ビールくれや」

ぶっきらぼうな口調でそれだけ言った。

女将が冷えたグラスを沖の前に置く。カウンターの向こうからビールを注いだ。

おつまみは、小鯵の南蛮漬けだ。

「今日は、いいタチウオが入っとります。お刺身でもどうですか」

無言で肯いた。

「地元の方ですか」

女将が包丁を動かしながら訊く。

「ああ」

地元民と知って、女将が挨拶代わりに訊いた。

「今年もカープは駄目ですかねえ」

とりあえず広島カープの話題を振っておけば、県内ではどこであろうと場は持つ。

初対面の相手ならなおさらだ。

沖が収監された昭和六十一年、カープは古葉竹識から阿南準郎に監督が代わり、前年の二位から雪辱を果たして優勝した。だがその後、あれほど強かったカープは長いあいだ低迷し、第二次山本浩二政権四年目のこの夏は、最下位に沈んでいる。

沖は皆ほど熱狂的なカープファンではないが、それでも地元球団の成績は気になり、刑務所のなかで新聞のスポーツ欄を欠かさず読んでいた。

「浩二も選手のときは最高じゃったが、監督としちゃァ良うないの」

「ほんまじゃねえ。名選手、名監督ならず、いうて言うけんね」

打ち解けてきたのか、はじめて店にきた沖を、女将は常連客のように遇した。

「サービスじゃけ、どうぞ」

刺身と一緒に、枝豆をカウンターに置く。

頭は五分刈り、夏なのに長袖長ズボン、何年も日焼けしていない青白い肌。見る者が見れば、刑務所を出たばかりだとわかる。わからずとも、沖が纏う剣呑な空気から、訳ありの者だと察しがつくだろう。

だが、女将に怯える様子はなかった。大上が通っていた店の女将だ。やはり腹が据わっている。

話の流れで、女将は沖のふた回り近く上の年齢だと知った。女は下に鯖を読む。上に読むやつはいないはずだ。本人の言葉が本当なら、還暦を超えている。とてもその歳には見えなかった。

日本酒の冷やを頼む。

「あんた、名前は」

突然の問いかけに、女将は一瞬、戸惑った表情を見せた。が、すぐ笑顔に戻って答える。

「晶子です。そちらさんも、よかったら名前、教えてくれんね」

沖は苗字だけ伝えた。

「ここは、むかし大上がよう来とったげなのぅ」

穏やかだった晶子の表情が、たちまち曇る。

「ガミさんのこと、知っとるん？」

考えてきた言い訳を口にする。

「むかし、世話になったことがあってのぅ。刑務所におったけん、葬式にも顔を出せんじゃった」

世話になったのは、まんざら嘘でもない。

一拍おき、晶子が得心したように溜め息を吐いた。

「ほう、じゃったん」

あいだに挟んでいた薄紙を剝がしたような言い方だった。

「出てきたばっかりでのぅ。墓参りにもまだ行っとらん」

「ガミさんはそがなこと、気にしゃァせんよね。悼む気持ちだけで充分、喜んどる思う」

宙を見やり、晶子が懐かしむように、柔らかく言葉を発した。

ふたりがどんな関係だったかはわからない。だが、強い結びつきがあったことは見て取れた。

大上と沖の関係を、晶子は訊ねなかった。大上の世話になった人間——警察関係者でなければ、極道か不良しかいない。

銚子が空く。晶子が訊ねた。

「もう一本、いく?」

沖は首を横に振った。

長くアルコールを抜いていた身体には、一合でも酔いが回った。

そろそろ潮時だ。

来意を告げた。

「大上の墓がどこにあるか、あんた知っとるか」

晶子はまな板の上で動かしていた手を止め、面を上げた。

少しのあいだ、なにか考えるように黙っていたが、やがて、ぽつりと答えた。

「然臨寺。広島にあるんよ」

広島市内の東のほうにあるという。

「墓参りに行くん？」

「そのうち」

適当に答える。

カウンターに置いていた煙草を、口に咥える。

晶子がライターで火をつけた。

「百日紅——」

晶子がつぶやく。

咄嗟には、なんのことを言っているのかわからなかった。

伏せていた瞼をあげ、晶子は空を見やった。

「然臨寺は小山にあってね。山の斜面が墓所になっとるんよ。ガミさんのお墓ならすぐわかるよ。百日紅の樹を右に入って三つ目じゃけえ」

翳りを宿した瞳には、百日紅の花が見えているのか。そう思わせるような、遠い目つきだった。

晶子は沖に顔を向けた。

「ちょうどいま、百日紅が満開の季節じゃけえ。墓所を見渡せば、どのあたりかすぐにわかる。思い立ったが吉日。明日にでも行ってみんさい」

吉日も厄日もないが、急いでしなければいけないことは他にない。大上にお礼参りをし、ケジメをつけなければ、何事もはじまらないような気もした。

沖は尻ポケットから財布を取り出した。

「明日、行ってみるわい」

勘定を頼む。

晶子は割烹着で手を拭きながら言った。

「千円いただきます」

驚いた。

刺身にビールと日本酒――千円で済むはずがない。普通なら最低でも二千円はする。

「安っすいのう」

晶子の顔に、少女のような笑顔が弾ける。

「ガミさんの知り合いじゃろ。墓参りへ行く、いうとる殊勝な心掛けの人には、サービスせんとね」

出所したばかり――懐が寂しいと読んでいるのだ。

確かに、シャブは隠してあるが、現金の持ち合わせには限りがあった。

財布から抜き出した千円札を、テーブルに置く。

軽く頭を下げ、椅子から立ち上がった。出口へ向かう。

「ありがとうございました」

振り返らず、後ろ手に引き戸を閉めて店を出た。


沖は吸い終わった煙草を、墓前の地面に落とした。足で踏みつける。

大上が死んだいまとなっては、やつの口からエスが誰だったのか、聞く術はない。

だが、このままで終わらせるつもりは、毛頭なかった。自分を裏切り、呉寅会を潰したやつを許しはしない。

どんな手段を使ってでも突き止め、息の根を止めてやる。

沖は墓を睨みつけた。

——おっさん。わしァ、必ず、広島で天下ァ取っちゃる。

心のなかで啖呵を切る。

——土んなかで、よう見とれ。

空の手桶を手にして立ち去ろうとしたとき、背後に人の気配を感じた。

振り返る。

鮮やかな黄と白い色が目に入った。

男が立っていた。

手に水桶と花を持っている。目に飛び込んできた色は、男が手に持つ菊の花だった。

男は少し斜に構え、沖の顔をじっと見ている。

沖は目を細め、男を見返した。

歳は沖とそう変わらないように見える。

襟がくたびれたワイシャツと、皺くちゃのズボン、ネクタイはつけていない。短い髪が乱れている。手をかけていないのか、それともこいつなりのファッションなのか。わからないが、妙に似合っていた。

外見は、仕事帰りの疲れたサラリーマンに見えなくもないが、男が纏う空気は、堅気のそれではなかった。

なにより、頬の傷痕が、裏社会の人間であることを雄弁に物語っている。

沖はいままで、数えきれないくらいの傷痕を見てきた。男の頬にあるのが、刃物で斬られたものであることは、すぐ見当がついた。すでに消えかかっている。かなり古いものだ。

沖は眼に力を込めた。一歩、前に出る。

「こんなァ、どこの組のもんない」

尖った男の目が、少し緩む。顎を上に向けて、沖を見下ろした。

「わしかァ、わしんとこの代紋は――」

やはり極道か。

沖は身構えた。

男は口角を上げた。

「桜じゃ」

桜の代紋――刑事か。

堅気じゃないと踏んだが、この胡散臭い男が、まさか警察官だとは思わなかった。

男は片手にぶら下げていた菊の花を、肩に担いだ。

「こんなァ、沖じゃろ」

息を呑んだ。

――なぜ、俺の名を知っている。

男は面白そうに笑った。

「臭い飯ィ食っとったんは、たしか十八年じゃったかのう。歳はいっとるが、若い頃と変わらず、男前じゃないの」

人を食った態度としゃべり方は、墓の下に眠る男を思わせた。沖に白を切りとおしたまま逝った、大上とそっくりだ。

「あんた、マル暴か」

暴力団係の刑事なら、前歴カードで沖の顔を知っていても不思議ではない。表向き、刑務所側は受刑者が指定した親しい関係者にしか釈放の日時を教えない。だが、保護司は当然、知っている。所轄の警察にも、裏で情報は伝わる。

男は沖の問いに答えず、無言で墓前に近づいた。

沖は大人しく、脇へ退いた。急いで男を問い詰める必要はない。

男は手にしていた水桶を下に置くと、柄杓で水を掬い墓石に掛けた。水桶を空にすると、すでに供えられている花を脇に寄せ、自分が持ってきた菊を花立てに挿す。花を丁寧に整えると、男は胸ポケットから線香の束と、ジッポーのライターを取り出した。線香を数本抜き取り火をつける。線香台に置き、手を合わせた。

男は目を閉じたまま、一分ほど深く頭を垂れた。

まだ暑さを残す夕風が、墓所を吹き抜けた。

あたりは静寂に包まれている。ヒグラシの鳴く声だけが、耳に響く。

男は合掌を解くと、顔を上げた。

沖を見る。

「沖虎彦――呉寅会の頭じゃった、沖じゃろ」

じゃった、という過去形が、沖を苛立たせた。

「あんた、マル暴じゃろう。太々しい面に、そう書いとる」

男は鼻から息を抜くように笑った。無言なのが、肯定した証拠だ。

「所轄か。それとも県警かァ」

男が、素直に答えた。

「呉原東じゃ」

「なんでわしを知っとる」

「ガミさんが巻いた調書を、前に読んだ」

愛称で呼ぶところをみると、大上と親しかったらしい。

「こんなァ、名前は」

自分だけが知られているのは、気分がいいものではない。

男はズボンの尻ポケットから煙草を取り出すと、手に持っていたジッポーで火をつけた。

つけ終わると、ジッポーを払うように横に振った。

カチン——小気味いい音を立てて、蓋が閉まる。

男は咥え煙草のまま、手のなかのジッポーを見やった。

男の視線を追い、沖も目をやった。

犬の絵柄が彫られている。いや、狼か。前足を踏ん張り、月に向かって吼えていた。

男はジッポーを胸ポケットにしまうと、煙草を口から外し、煙を吐いた。

沖を見る。

「わしの名前は、日岡（ひおか）じゃ。よう、覚えとけ」

十五章

夏空には厚みのある雲が浮かび、瀬戸内の海は穏やかだった。

釣り糸を垂れて三十分になる。浮は一向に沈まず、その気配すらない。

日岡秀一は動かない浮を、じっと見つめた。首筋を汗が伝う。午後の日差しが照りつける。日よけのキャップを、目深に被り直した。

日岡は多島港の外れにいた。呉原市の港で、瀬戸内海に突き出ている高浦半島の先端にある。

多島港は牡蠣の養殖が盛んで、海面には養殖筏がずらりと並んでいる。土日になると、多くの釣り人がやってきて、筏の上で釣りに興じる。平日の今日は、かなり少ない。離れた場所に、ぽつぽついるだけだ。

一時間前、日岡は簡単に昼飯を済ませるとアパートを出た。

部屋で飯を食うときは、たいていカップラーメンだ。カップ麺は、いつも十個くらい買い溜めしてあった。自分で料理を作ることは滅多にない。

県北の駐在所に詰めていた頃はよく料理をしていた。外食できる飲食店そのものが無きに等しかったからだ。村にラーメン屋が一軒あったが、足を運ぶ気にはなれなかった。

近隣住民のほとんどが顔見知りという田舎では、余所から来た駐在の立場は微妙だ。どこにいっても、噂になる。ラーメン屋へ顔を出せば、あの駐在は飯も作らない怠け者だ、と陰口を叩かれる。あるいは、嫁の来手がないから可哀そうに、と同情される。それが面倒だった。

どこの駐在所でも、近所からの差し入れがある。巡回に出ているあいだに、大根やホウレン草が戸口に置かれていることも珍しくなかった。誰が置いていったのかもわからず、礼のしようもない。田舎ではそれが当たり前だった。

十五年前の昭和が終わった年、日岡は県北にある比場郡城山町の中津郷駐在所に飛ばされた。かつての上司、大上章吾巡査部長に肩入れし、県警上層部に反旗を翻したからだ。

比場郡は平成の大合併で次原市に併合された。平成四年には、暴対法が施行された。日本最大の暴力団、明石組が四代目の座を巡って分裂し、組を割った心和会とのあいだで熾烈な抗争が繰り広げられたのは、昭和の末期だ。

県北の駐在に飛ばされた日岡が国光寛郎に出会ったのは、その一年後だった。明石組四代目暗殺の首謀者で、心和会系義誠連合会の会長を務めた男だ。

もう、十四年も前のことになる。

――わしゃァ、まだやることが残っとる身じゃ。じゃが、目処がついたら、必ずあんたに手錠を嵌めてもらう。約束するわい。

指名手配中だった国光が、はじめて会った日岡に言った言葉だ。

あの独特のしゃがれ声が、耳朶に蘇る。

国光は約束を守った。約束を守って、無期懲役の判決を受け、旭川刑務所に収監された。

国光の人懐っこい笑顔が、脳裏に浮かぶ。時折見せた、キリで刺すような鋭い眼光も――。

日岡は顔をあげ、水平線の彼方に視線を向けた。

――兄弟。

回想を振り払い、腕時計を見る。午後二時。約束の時間だ。

日岡はフィルターだけになった煙草を、海に投げ捨てた。

後ろで、筏が軋む音がした。

隣に、人が立つ気配がする。

「そがなことしたら、魚が寄ってこんじゃろう」

煙草を投げ捨てたことを言っているのだ。

日岡はシャツの胸ポケットから、新しい煙草を取り出した。使い古したジッポーで火をつける。オイルライターは、風を受けても火が消えることはない。

煙草を吸い込むと、声の主――一之瀬守孝を上目遣いに見た。

「時間潰しじゃけ、魚なんかどうでもええ」

尾谷組の若頭だった一之瀬が二代目を襲名したのは、昭和六十三年。日岡が最初に呉原東署に勤務していたときだ。

尾谷組は、呉原に暖簾を掲げる老舗の博徒で、かつて明石組と近しい関係にあった。初代組長の尾谷憲次が、明石組二次団体の北柴兼敏と兄弟分の盃を交わしていたからだ。

が、北柴は明石組を割った心和会に加わり、尾谷が引退したあと一之瀬は、明石組と敵対していた仁正会に加入した。

北柴組の若頭だった国光は、一之瀬とは親同士と同じく兄弟分だ。

様々な事情があったとはいえ、国光は国光で、一之瀬は一之瀬で、極道としての筋を通した。

県下最大のヤクザ組織である仁正会は、暴対法の対象となる指定暴力団だ。最盛期には、六百人を超える大所帯だった。

しかし、暴対法でシノギが苦しくなり、離脱する組員が増えた。いま県警が認定している仁正会構成員は、企業舎弟も含めて四百人弱と、その勢力は三分の二に削がれている。

今年の六月、広島県と広島市は、暴力団を排除する条例を全国に先駆けて制定した。公営住宅の入居資格について、本人とその同居親族が暴力団対策法に規定する暴力団員ではないこと、と定めたのだ。

こうした暴力団排除の条例は、今後ますます厳しくなっていくだろう。

そのうち、ヤクザであるという理由だけで、銀行口座も開けない時代がくるのではないか。

日岡はそう思っていた。

この春、仁正会三代目会長の高梨守が引退した。跡目を継いだのは、理事長を務めていた二代目高梨組組長、和泉秀樹だ。この四代目継承は、すんなり決まった。

仁正会は、代替わりの度に内紛を繰り返してきた。が、暴対法が施行されて以降、確執はあったとしても、それが表に出てくることはなかった。

広島県内では、ここ十年、抗争らしい抗争は起きていない。

平和裡に当代が入れ替わったのは、はじめてのことだ。

和泉は四代目を襲名すると、ナンバーツーの理事長の座に、幹事長だった一之瀬を据えた。暴力団関係者と警察は、理事長補佐で二代目高梨組の若頭を務める石原峰雄を、理事長にするものと思っていた。

出身母体の組長が会の跡目を継ぎ、そのまた若頭がナンバーツーの座に就く。トップの地位を盤石にするには、それが最も理にかなっているからだ。次が約束されていれば、子飼いのナンバーツーが親の寝首を掻くことはない。

だが、和泉は、ナンバーツーに外様の一之瀬を抜擢した。

おそらく和泉は、暴力団対策強化の流れを肌で感じている。組織を維持するには、三十代後半の若い石原では貫目が足りない、そう踏んだのだろう。いずれ、広島の極道を束ねる男――大上にそう言わしめた一之瀬の器量は、仁正会のなかでも際立っていた。

空で海猫が鳴いた。

日岡は目の端で、一之瀬の背後を窺った。離れた場所に、男が三人立っている。付きの若い衆だ。周囲を見張っている。あたりに人影はない。

一之瀬は黒いシャツに黒いズボンを穿いていた。このクソ暑いなか、汗ひとつかいていない。涼しい顔をしている。

浮に目を戻す。

一之瀬は立ったまま訊ねた。

「虎は、どうじゃった」

日岡は、昨日のことを思い浮かべた。

大上の墓の前で、沖は日岡を真っ向から睨んだ。あんなにぎらつく眼を見たのは、久しぶりだった。

日岡は煙草の灰を、指で弾いて海に落とした。

「ちいと歳は食っとるが、なんも変わっとらんかった。ひと目でやつだとわかったよ」

沖の顔は、新聞や捜査資料で見知っていた。

呉寅会と笹貫組が激しい抗争を繰り広げていた頃、日岡はまだ大学生だった。

詳しい経緯は知る由もなかったが、広島市民を震撼させた血の報復は、記憶に焼き付いている。

なによりも、笹貫組と正面から込み合った呉寅会が、代紋を掲げたヤクザ組織ではなく、不良の集合体に過ぎない愚連隊だったことが、強く印象に残っている。

沖の顔を知ったのは、昭和五十九年。沖が逮捕されたときだった。

新聞に載っていた沖の顔写真は、悪相は悪相だが、蠟人形のように生気がなかった。逮捕時に撮られた資料写真だったのだろう。

大上の墓の前に佇んでいた沖は、二十代のときと同じ容貌を保っていた。実際に目にした沖には、写真と違って生気が漲っていた。長期刑を終えたばかりの顔は青白く、頬は削げていたが、細く切れ上がった目は鋭い光を放ち、薄い唇はきつく結ばれていた。

沖がはじめて少年院に送られた傷害事件は、対抗する不良グループとの喧嘩が原因だった。泣いて土下座する相手を、五時間にわたってタコ殴りにし、公園のベンチに放置した。白いベンチは血で染まり、殴られた相手は頭蓋骨を骨折、半死半生で全治六か月の重傷を負った。

捜査資料には、ただひたすら、休むことなく無言で殴りつけた、と記されている。沖の凶暴性を、端的に示した事案だ。

一之瀬は日岡から少し離れて座ると、胸ポケットからジガノフを取り出した。口に咥えて火をつける。気障な煙草だが、一之瀬が吸うと嫌味がない。

一之瀬は水平線を見やった。

「まだ刑務所呆けしちょるじゃろうが、いずれ、返り咲くじゃろ。昔の仲間や若いもんが、呉原に集まってきとるげな」

沖が出所してから、呉原の夜の街に、強面の新参者が顔を見せるようになった。若い男もいれば、沖と同年代の男もいる。

呉寅会は沖が逮捕されたあと、雲散霧消した。もとのメンバーはヤクザになった者もいれば、堅気として身を潜め、普通に生活している者もいる。が、幹部の大半は、県外に逃げていた。広島にいれば、ヤクザに命を狙われるからだ。

沖と同年代の男たちは元呉寅会のメンバーで、若い男たちは沖が刑務所で身内にした舎弟だろう。呉原東署では、そう睨んでいた。

沖にその気があれば、愚連隊集団と暴力団との、血で血を洗う抗争が蒸し返される可能性はある。

――あの虎が、大人しゅうしとるはずがない。

暴力団係の古参刑事は、したり顔でそう言った。

指定暴力団の枠に嵌らない沖たち呉寅会を監視するため、東署二課は、早々に呉寅会対策班を立ち上げた。

班長を任されたのは日岡だ。

日岡は咥え煙草のまま、一之瀬に訊ねた。

「会のほうは、どうな？」

沖はかつて、綿船組の二次団体だった初代の笹貫組と揉めている。

組長の笹貫は二代目問題で引退に追い込まれたが、笹貫組自体は、若頭だった宮嶋宗徳が跡目を継ぎ、二代目笹貫組として仁正会に加わっている。宮嶋は理事として、いまや一之瀬を支える立場だ。

沖の出所を、仁正会はどう捉えているのか。

「仁正会としちゃァ、どうもこうもないよ」

一之瀬は煙草を吹かしながら、のんびりとした口調で答えた。

「宮嶋はあのころ広島刑務所(ひろけい)に沈んどったし、沖と正面切って揉めたわけじゃないけんのう」

静観を決め込んでいるということか。

それより——と、一之瀬は話を変えた。

「志乃のママさんは元気か」

暴対法が出来てから、一之瀬が志乃を訪れることはなくなった。ヤクザが出入りすることで、晶子に迷惑をかけたくないと考えたのだろう。

日岡は国光の男気に惚(ほ)れ、五分の兄弟盃を交わした。国光と一之瀬は、もとから代紋違いの兄弟分だ。日岡と一之瀬は、いわば回り兄弟の関係にあった。

そのことを知った一之瀬は、事務所に日岡を呼びつけ、開口一番こう言った。

「面倒じゃけ、これからはタメでいこうや」

そのときから日岡は、一之瀬と対等な口を利いている。

日岡は一之瀬から、仁正会内部の情報を得ていた。

しかし、エスではない。

あくまで五分の関係だ。

互いに明かせる範囲のぎりぎりの情報を、回し合っていた。

沖が晶子のもとを訪れたということは、その日のうちに一之瀬へ伝えた。沖が大上の墓を参るだろうということもだ。

日岡は視線を竿に落とした。

「ああ、元気じゃ。相変わらず、冗談とばして笑うとるわ。こんなみとうなもんが来んようになって、客筋がようなった、げな」

見ると一之瀬が、苦笑いを浮かべていた。晶子がそんな言葉を口にするはずがない。冗談だと、わかっているのだ。

晶子から日岡に電話があったのは、一昨日の夜だった。

受話器の向こうで晶子は、沖が店に来た、と言った。

「いましがた帰ったけど、沖が店に寄ったんよ。最初はわからんじゃったけど、ガミさんのこと訊くもんじゃけ、ああ、昔、新聞で見たことがある呉寅会の沖虎彦じゃ、いうて気がついた」

日岡は受話器を強く握った。捲し立てるように訊ねる。

「ほいで、沖はなんか言うとりましたか。どんな様子でしたか」

「明日、ガミさんの墓参りに行く言うとったわ。なんか曰くありげな様子でね。一応、秀ちゃんの耳に入れておいた方がええ思うたんよ」

日岡は礼を言って受話器を置いた。

大上の墓所で張り込んでいたのは、職業意識もあったが、個人的な興味が強かったからだ。

一連の抗争事件の経緯と、沖の供述調書は、すでに頭に叩き込んである。

大上が巻いた沖の調書は、簡略かつ淡々と綴られていた。が、事件そのものは、概要を知るだけでも凄まじい内容だった。

十六章

沖は吸い終わった煙草を、指で弾(はじ)き飛ばした。燻(いぶ)る煙草を、靴先で揉(も)み消す。

周囲を見渡した。道路を行き交う車も、人影もない。晩夏の日差しが、照り付けているだけだ。

サングラスを外した。コンクリートの階段を下りる。

埃(ほこり)と黴(かび)の臭いが鼻先に漂う。

地下一階の通路を照らしている灯(あか)りは、蛍光灯ひとつだけだ。電球の寿命が近いのだろう。点いたり消えたり、じりじりと明滅している。

沖は、地下に下りてすぐ右側にある扉をノックした。古い木製のドアだ。蔦(つた)のような彫刻が施されている。

なかで人が動く気配がした。声をかける。

「わしじゃ」

ドアが軋(きし)んで開いた。隙間から、本田旭(ほんだあきら)が顔を出した。最後の収監先だった熊本刑務所で身内にした男だ。二十代後半と歳は若いが、腹は据わっている。傷害と銃刀法八年だった。

違反および火薬類取締法違反、覚せい剤の使用と営利目的所持——打たれた刑は懲役

本田は九州やくざの登竜門と呼ばれる、佐賀少年刑務所の出身だ。出所後まもなく、九州熊本睦会幹部の盃をもらい、その舎弟になった。いまから十年前、十八のときだ。兄貴分のシノギは覚せい剤の密売で、本田は小売人を束ねる役を任された。

覚せい剤の密売人はたいてい、自分でもシャブを打っている。味見しないと、ブツの善し悪しが判別できないからだ。中学時代からシンナーを吸っていた本田は、たちまち、シャブの虜になった。

大きなヤクザ組織はどこも、覚せい剤の取り扱いを禁止している。が、裏では黙認しているに等しい。覚せい剤は手っ取り早く、しかも大きく、金になるからだ。ただ、使用は別で、逮捕されれば即座に破門、という組織も少なくない。

本田が所属する熊本睦会も例外ではなかった。

破門されれば、ヤクザを続けることはできない。

破門されて居場所を失った本田は、ヤクザ組織に属さない沖を頼った。

そのころ沖の名は、熊本刑務所のGマーク——極道の間でも、広く知れ渡っていた。沖を慕って集まったグループには、地元組織の人間ですら、腫れ物に触るように接した。

本田は沖が出所する二年前、八年の刑を満期つとめ上げ、娑婆へ戻った。出所を控えた前日の夜、沖は、呉原にいる高木章友を訪ねろ、と伝えた。高木は呉寅会のメンバーで唯一、地元に留まり、正業に就いていた。いまは叔父が経営する雀荘で店長を務めている、と言って沖は、雀荘の名前と住所を本田に教えた。

高木は義理堅い男だった。沖がどこの刑務所にいても、半年に一度は面会に訪れた。手紙は二か月に一度くれた。面会の場では、呉寅会メンバーの近況を語り、手紙では沖の身体を気遣った。手紙の最後はいつも同じ言葉で締め括られていた。

——沖さんが一日でも早く帰って来る日を、首を長くして待っています。

高木の心遣いは嬉しかった。一方で、真紀のことを考えると、苦い思いが込み上げる。

——あんたが帰って来るまで、いつまでも待っとるけえ。

面会室でそう言って泣いた真紀は、七年前のある日を境に、ぷっつりと消息が途絶えた。新しい男ができたのか、自分の居場所を見つけたのか。面会に来なくなり、手紙を出しても宛先不明で返ってきた。

真紀を恨む気持ちはない。二十年という歳月がどれほど長いか、塀のなかにいる沖が一番わかっている。そもそも沖にとって真紀は、特別な女だったわけではない。娑婆にいるときは、ほかにも女はいた。

ただ、男は吐いた唾は呑まない。いつまでも待つと言ったら、いつまでも待つ。が、女にそれはない。女は平気で嘘をつく。そのことが沖に、嫌悪の情を呼び覚ました。

「お疲れさまです」

本田は、沖がぶら下げているコンビニの袋を受け取り、ドアの脇に退いた。

なかへ入る。

コンクリートが打ちっぱなしの部屋には、煙草の煙と男たちの饐えた汗の臭いが満ちていた。

事務所にいるのは、呉寅会幹部の三島、林、高木。ほかは、刑務所で沖が身内にした者たちだ。愚連隊上がりの不良が四人と本田——総勢八名が、いまの中核メンバーだった。

呉寅会が事務所にしている部屋は、かつてスナックとして使われていた場所だ。

店主は店を畳むとき、家具や備品をほとんど置いていったらしい。マホガニー色のテーブルや、ボトルラックがそのままになっている。同じ色のカウンターには、バーチェアが五脚あった。赤い布張りのソファは色褪せているが、座り心地は悪くない。

この部屋が入っている雑居ビルは、六階建てだった。

テナントが二軒ほど入る横幅で、厚みはない。薄くてひょろ長い建物だ。

ビルが面している通りは景気がよかった頃は賑やかだった。周辺の雑居ビルと同じく、このビルも、居酒屋やスナック、理容店、漁業組合の事務所などで埋まっていたという。

不景気のいまは、空き家が目立ち、人通りも少ない寂れた通りになっていた。家賃が安いとはいえ、繁華街から離れた不便な立地に加え、およそ築四十年の古い物件を借りる店子はいない。

いまこのビルに入っているテナントは、小さな清掃会社の事務所と、発送業務委託という怪しげな会社だけだ。ふたつとも、人の出入りをほとんど見たことがない。税金対策で名前だけ掲げている、幽霊会社かもしれない。

事務所は、沖の復帰に合わせ、三島が手配した。

沖より早く出所した三島は、出たあとの苦労を知っているのだろう。塒にするにはどんな場所がいいか訊ねただけで、金も手続きもすべて三島が段取りをした。

沖が望んだ部屋を、林は気に入らないらしい。はじめて事務所に顔を出したとき、あからさまに顔を顰めた。同じ家賃で上の階の部屋が借りられるのに、どうしてこんな黴臭いところを選んだのか。窓がなくて陽が射さない、辛気臭い、とぼやいた。

林の不満を、沖は聞き流した。

窓がないから、沖はここを選んだ。窓があると、いまにもガラスが割れて警察が突入してくるような気がするからだ。

外から帰ってきた沖を見て、手前のテーブル席に座っていた高木が立ち上がった。

「お疲れさんです」

舌を半分失っているため、喋り方がぎこちない。

高木は沖が出所してからというもの、昼間はこの事務所、夜は店長を務める雀荘と、昼夜をわけて呉原の市内を行き来している。

沖は三島と林がいるテーブル席の、一番奥に座った。沖の席だ。

煙草を咥えると、高木が横から火を出した。

「買い出しなんぞ、兄貴が行かんでも、若いもんにやらせますのに」

高木は、若いメンバーの顔を一瞥した。みな、バツが悪そうに目を逸らす。

沖は煙草の煙を吐き出した。

「わしが自分で行く言うたんじゃ。お前も見とったろうが」

沖が近くのコンビニに煙草を買いに行くと言うと、下の者たちは我先にと腰を浮かした。沖はそれを手で制した。

スーパーやコンビニに行くのが、いまの沖の楽しみのひとつだった。早く娑婆に慣れなければいけない、という考えもあったが、単純に、見たこともない商品に接するのが好きだった。

十年ひと昔というが、沖が逮捕されてから二十年のあいだに、世間はずいぶん様変わりした。

なによりも驚いたのが、携帯電話だ。

三島から飛ばしの携帯を渡されたとき、こんなもので電話が本当に繋がるのかと、目を丸くした。携帯で打ち込んだ文章も相手に伝わると知ったときは、浦島太郎の気分をまざまざと味わった。

食品や飲み物、菓子もそうだ。

溶けかけのようなアイスクリームや、激辛のスナック菓子など、二十年前なら見向きもされなかっただろう。そういうものが売れていた。

昔は菓子を好まなかった。が、いまは違う。むしろ好物だ。刑務所では、甘いものやパンは滅多に食えなかった。その反動だと思う。

商品の棚をじっくり眺め、なにを買おうかと迷う。食べたことがない品を選ぼうかとも思うが、沖がいつも選ぶものは、チョコのアポロやポテトチップスといった、昔からある菓子だった。

ほかにも、ひとりで出かける理由があった。

警察の行動確認がついていないかどうか、自分の目で確かめるためだ。

沖の出所は、呉原東署も把握している。三島が借りた事務所の存在も、すでに突き止めていると見ていい。刑事が張り込んでいても、なんの不思議もない。

だが、見張られている気配は感じなかった。もし、刑事が尾けていたとすれば、そいつはよほどの手練れに違いない。

脳裏に、一週間前に然臨寺であった男の顔が浮かんだ。

呉原東署の刑事、日岡だ。

あの日、大上の墓前にいたのは偶然か、それともあらかじめ待ち受けていたのか、沖は訊ねなかった。訊いても、答えるはずがない。

沖と同様に日岡も、なにも訊ねなかった。

いずれまた会うことになる――。

日岡の顔には、そう書いてあった。

「沖さん、どうぞ」

本田が、沖が買ってきた品をテーブルに並べた。今日は、六本セットの缶ビールをふたつ、ポッキーとビスケット、煙草を一カートン買った。

沖はビールのパッケージを破りながら、部屋にいるメンバーを見やった。

「お前らもやれや」

三島を除いた全員が、軽く頭を下げてビールに手を伸ばす。

右腕がない林は、片手で器用にプルトップを開けた。

缶ビールが空くと、本田がカウンターのなかから、焼酎と水、氷を持ってきた。

沖の前に置き、水割りを作る。手際がいい。十代の不良時代に、熊本のバーで働いていたからだろう。

残り少なくなった焼酎の瓶を、沖は持ち上げた。中身をぐるりと回す。

「次は、レミーかマッカランにするか。たまにゃァええ酒が飲みたいじゃろ、みんなも」

向かいの席に座る高木が、盗み見るように、目の端で沖を窺（うかが）った。言いづらそうにつぶやく。

「兄貴……その、財布の中身じゃが、ちいと厳しゅうなってきて……底が見えとるんですが、のう」

沖はカウンターに視線を向けた。裏側の棚に金庫を置いている。なかには、覚せい剤（シャブ）が入っていた。二十年以上前に、五十子から強奪した残りだ。

当時、およそ六千万円の値がついていた覚せい剤の大半と、笹貫組との抗争に備えた武器は、警察に押収された。金庫のなかに残るわずかな覚せい剤が、いまの呉寅会の全資金だ。

横から林が話に割って入った。

「烈心会（やつら）が覚せい剤（ブツ）をどこへ隠しとるか、探ってみましょうか」

呉原の覚せい剤売買は、烈心会（れっしんかい）が仕切っている。

烈心会は、壊滅した五十子会と加古村組の残党が結成した組織だった。烈心会の初代会長は、橘一行。五十子会の舎弟頭だった男だ。現在、組員は三十名前後。いまは二代目の石野次郎が仕切っている。

広島は、仁正会にあらずんばヤクザにあらず、の状態だが、広島第二の都市である備後の福中市は、古くから暖簾を掲げる衣笠組が支配していた。五代目組長の三好真治は、全国のヤクザ組織とも付き合いが深い。

初代組長の衣笠義弘は、仁正会の母体となった綿船組組長、綿船幸助の舎弟だ。福中は戦前から、衣笠組の確固たる縄張りだった。

その三好と石野が盃を交わしたときは、広島極道のあいだに激震が走った。

烈心会は仁正会とは反目だ。もともと親戚関係にある仁正会と衣笠組は、不可侵条約を結んでいるようなものだった。

それまでの経緯にもかかわらず、三好は石野を舎弟に加えた。四方八方を敵に囲まれ、後ろ盾を欲した烈心会側の事情はわかるが、三好の意図が読めない。

衣笠組は組員八十名とそれなりの所帯を持ち、古くから暖簾を守ってきた独立組織だ。あえて火中の栗を拾った三好の真意は、ヤクザ関係者や警察も測りかねていた。

まして、その事実を刑務所で知った沖には、推察のしようもない。

ただ、烈心会は、衣笠組と縁を結んだことで、仁正会といえど迂闊に手出しができない存在になった。

林は中身がない右袖を振り、沖のほうに身を乗り出した。

「わしがその気になりゃァ、警察署長の女房の下着の色まで調べられる。兄貴もよう知っとるじゃろ。烈心会の覚せい剤の隠し場所なんぞ、朝飯前じゃ」

むかしのように、強奪しようという提案だ。

沖も、そのことは前から考えていた。手持ちのシャブがなくなれば、呉寅会の資金はたちどころに途絶える。単独組織がいま食えるシノギは、金貸しかクスリくらいだ。闇金融は金になるが、元手がない。パチンコの景品買いやみかじめ料は、尾谷組ががっちり握っている。となると、クスリが一番手っ取り早い。

尾谷組は初代からシャブの扱いは厳禁だ。いまの呉原でのシャブの密売は、烈心会の専売事業になっている。

沖はグラスを回した。なかの氷が、カランと音を立てる。

いかにして、烈心会が仕切っているシャブの密売に食い込むか。

沖の斜向かいで話を聞いていた三島が、口を開いた。高木と林に向かって、窘めるように言う。

「兄弟はまだ出てきたばかりで。昔と違うて、サツの目も厳しい。いま派手に暴れたら、パクられて終いじゃ。まだ早いわい」

林は口を尖らせた。

「前みとうに、闇討ちしたらええじゃないの」

　高木が賛同する。

「そうですよ。どうせ、被害届なんか出しゃァせんのじゃけ」

　三島は呆れ顔で溜め息を吐いた。

「死人や怪我人が出たらどうするなら。サツも黙っとらん。いまの仁正会が、衣笠組が後ろに控える烈心会に、喧嘩売るはずなかろうが。わしらの仕業じゃ、いうてすぐバレる」

　もっともだと思ったのだろう。威勢がよかった高木と林が黙り込む。

　沈黙を破ったのは、本田だった。

「ほかの者のせいにするんは、どげんやろ」

「ほかの者って、誰なら」

　三島が本田を睨む。

　本田は三島の顔色を窺いながら、話を続けた。

「広島じゃァ最近、中国人の不良がのさばっとるいう話です。あれらの仕業に見せかけりゃ、ええじゃないですか」

　いいアイデアだ。

　沖は心のなかで膝を打った。

テーブルに身を乗り出し、部屋にいる全員を見渡す。

「ほうよ。それじゃ。それでいこうや」

沖はテーブルにあった煙草を一本抜き出すと、咥える前に先端で自分の頭を指した。

「お前、見た目は冴えんが、ここはなかなかじゃないの」

本田の顔が、見る間に綻ぶ。親に褒めてもらった子供のようだ。

「兄弟」

三島の険しい声が耳に届く。

見ると、沖を睨んでいた。

「兄弟がこんど捕まったら、死ぬまで娑婆に戻れんかもしれんのど。よう考えて決めたほうが――」

続く言葉を、ノックの音が遮った。

全員の目がドアへ向く。

沖は不良上がりの富樫明を見やった。入り口の一番近くにいたからだ。

沖は目で、出ろ、と富樫に命じた。

富樫はゆっくりとした動作で、ドアに向かった。

「誰なら」

ドアに耳をつけて訊ねる。

男の声がドアの向こうから響く。

「神戸の峰岸や。兄弟、おるんやろ」

意外な訪問客に、沖は驚いた。

沖の判断を目で仰いでいる富樫に、顎をしゃくる。

「開けい」

富樫がドアの錠を外す。

男が三人、立っている。みなダークスーツだ。

真ん中に、懐かしい顔があった。峰岸孝治——熊本刑務所で知り合い、義兄弟の契りを交わした男だ。

対立組織の幹部の命取りを指揮し、殺人教唆で十三年の刑期だった峰岸は、沖より三年早く出所した。年は沖とそう変わらない。が、しばらく見ないあいだに、随分と貫禄が付いた。剃り落とした眉毛と剣呑な目元、剃り込みを入れた額に走る刀傷が、身に纏う凶暴さを際立たせている。

峰岸は部屋の奥にいる沖を見つけると、満面の笑みを浮かべた。

「よう、兄弟。どうや、久しぶりの娑婆の空気は」

片手をあげ、ゆったりとした歩調で、ソファに近づいてくる。付きの若い衆は、素早く室内に視線を這わせ、背後を守るように峰岸に従った。

兄弟という呼びかけに、峰岸と沖の関係を悟ったのだろう。高木と林はソファから立ち上がると、峰岸に頭を下げて沖の背後に回った。

三島もふたりに倣(なら)い、ソファから立ち上がる。

席を離れようとする三島を、沖は引きとめた。

「まあ、座れや。みっちゃん」

三島、林、高木の三人は、いずれも呉寅会の幹部だ。が、沖の右腕である三島は、ふたりとは格が違う。沖は林と高木を後ろに控えさせ、三島を同席させた。

三島がソファに座ると、沖は三島の肩に手を置いて峰岸に視線を向けた。

「これが、刑務所(なか)で話しとった三島じゃ」

「ほう、あんたが」

峰岸が値踏みするように、三島を眺める。

三島は膝に手を置き、深々と頭を下げた。

「三島考康いいます。よろしゅう頼みます」

挨拶(あいさつ)を受けて、峰岸も頭を下げる。

「明石組の峰岸でおます。よろしゅうに」

背広の襟にはチェーン付きのプラチナ・バッジが光っている。プラチナは直参(じきさん)、チェーン付きは執行部に登用された最高幹部の証(しるし)だ。

峰岸は神戸に拠点を置く広域暴力団、明石組の若頭(わかがしら)補佐だ。

かつては、明石組の二次団体、成増(なります)組の若頭で、明石組から分裂した心和会との明心戦争で武勲を立てた。

心和会幹部の首をとり武闘派として名をあげた峰岸は、その代償に長い刑期を務めることになったが、出所後まもなく、功績が認められて直参に取り立てられた。それがいまから三年前のことだ。そして一年前、チェーン付きに昇格した。

娑婆からの手紙や面会では、暴力団関係の情報を入手することは困難だ。手紙には検閲が入るし、面会では刑務官の立ち会いがある。しかし入所してくるその筋の者からは、詳細な情報が訊き出せる。兄弟分の出世は、刑務所のなかにいた沖の耳にもすぐに入った。

峰岸はテーブルにある菓子を、手に取った。

「酒、飯、菓子、なんもかんも美味(うま)いやろ。女もな——」

そう言って峰岸はにやりと笑った。

「山男が下界に下りると、女なら誰でも綺麗(きれい)に見える、ちゅう話があるが、わしが娑婆に戻ったときは、便所掃除の婆さんにも息子が反応した。男ちゅうのは、難儀なもんや」

座に、苦笑いが広まる。みな、心当たりがあるのだ。

峰岸が菓子をテーブルに戻す。沖は訊ねた。

「ようわかったのう、ここが」

この世界は、情報が伝わるのが早い。沖の出所が、峰岸の耳に届いても不思議はない。が、こんなに早く居所を突き止め、顔を見せるとは思わなかった。

峰岸はスーツのポケットからＪＰＳの箱を取り出した。一本咥えると、後ろに控えていた若い衆が、すかさず火を差し出す。煙を天井に向かって吐きだすと、沖を見た。

「蛇(じゃ)の道は蛇(へび)や。親分(おやじ)の代理で福岡に出る用事があったさかい、その帰り掛けに寄らしてもろた。それより——」

峰岸は煙草の先端を、沖に向けた。

「水臭いやないか。なんで放免を知らせてくれんかったや。若いもん連れて出迎えに行ったのに」

峰岸の言葉に、沖は小さく笑った。

「大袈裟(おおげさ)なことァ、苦手じゃけ」

本田がおしぼりと冷えたビール、三人分のグラスを運んでくる。しかし峰岸の若い衆は、それを丁重に断った。ボディーガードがアルコールを口にしないのは、この社会の鉄則だ。

三島が瓶を手にし、峰岸と沖のグラスを満たす。

乾杯のビールをひと息で飲み干すと、峰岸は懐から祝儀袋を取り出した。テーブルの上に置き、沖のほうに押し出す。

「これ、少ないけど——。放免祝いや」

厚みがある。百万はありそうだ。

財布の中身が底をつきそうなところに、この金はありがたい。

「すまんのう」

沖は祝儀袋を手に取ると、後ろにいる林に渡した。

脇に控えた本田が、ビール瓶を両手で持ち、峰岸の空いたグラスに酌をする。手が微かに震えているのが、見て取れた。明石組の最高幹部を前にして、緊張しているのだろう。

峰岸はビールを呷ると、口元の泡を拭った。いたずら小僧のような笑みを浮かべる。

「どや、二十年ぶりの娑婆は。びっくりこいて、腰ぬかしたんと違うか」

沖は俯いて鼻の頭を掻いた。

「ほうよのう。これにはほんま、腰がぬけたよ」

ズボンの尻ポケットから、折り畳み式の携帯電話を取り出す。開いて閉じてを、繰り返した。

「まさかこがあなもんが、出回るとはのう」

峰岸は豪快に笑った。

「わしもな、これにゃァ、びっくりしたわ。いまじゃ慣れたが、最初は携帯が震えるたんびに、こっちの身体までビクッと震えて、往生したで」

言いながら峰岸は、スーツの内ポケットから携帯を取り出した。開いて訊ねる。

「そっちゃの番号は」

番号は覚えていない。調べ方を一度教わったが、さっぱりだ。

三島の顔を見る。

「沖ちゃんの番号は――」

いつの間にか昔の呼び名に戻っている。

沖と三島は五分の兄弟だ。その沖と五分の兄弟分の峰岸は、やはり五分の、回り兄弟に当たる。天下の明石組の最高幹部と自分では貫目が違い過ぎる。そう遠慮してのことだろう、と沖は咄嗟に判断した。

三島が自分の携帯を取り出して、峰岸に沖の番号を伝えた。

聞きながら、峰岸がボタンを押す。

沖の携帯が鳴り、すぐに切れた。

峰岸が携帯を懐に戻す。

「わしの番号や。登録しといてんか」

自分の番号すら探せないのに、番号の登録などできるわけがない。

沖は黙って、三島に携帯を渡した。


ドアを開けた途端、店内に流れるカラオケ、ホステスを揶揄(からか)う男の笑い声と女の嬌声(きょうせい)が、耳に突き刺さった。

「ラピスラズリ」は客で賑わっていた。七つあるテーブル席のうち、六つが埋まっている。


午後九時、店は稼ぎ時だ。

ホステスのひとりが、ドアベルの音を聞いてすぐに駆け寄ってきた。

林が一歩前に出る。

「電話しといた林じゃ」

「お待ちしてました。どうぞ、どうぞ」

なかに促す。

予約客の名前を頭に入れているところを見ると、ママかチーママだろう。三十代前半と思(おぼ)しきその容姿から、沖は後者だと踏んだ。

沖たちは案内されて、一番奥のテーブルについた。

ラピスラズリは、赤石通りにあるクラブだ。五年前に開店したという。

挨拶と軽い雑談を終えたあと、沖たちは事務所を出た。峰岸とその付きの若い者がふたり、沖は幹部の三島と林を連れ、総勢六人で夜の街に繰り出した。

この店に予約を入れたのは、林だ。呉原でいま一番人気がある店らしい。歌が歌えて、そこそこいい女が揃っているとのことだった。

客人である峰岸を上座に置き、沖たちは下座に腰を下ろした。峰岸の若い衆は、席につかず、後ろに立ったまま控えた。大きな組だけあって、躾が行き届いている。

沖たちのボックスには、ホステスが三人ついた。ふたりは峰岸の両脇に、もうひとりは沖の隣に座った。

ホステスたちは客の機嫌をとるため、精いっぱいの愛嬌を振りまいている。が、笑顔はどことなくぎごちない。ひと目でその筋の者と悟ったからだろう。

峰岸の関西弁を聞いて、ホステスのひとりが訊ねた。

「どこのお人？」

「わしか。わしは関西の田舎もんや。いまは神戸で、焼き肉屋のおっちゃんをやっとる」

「またまたァ」

あからさまな冗談に、右隣のホステスが軽く峰岸の肩を叩いた。

焼き肉屋と聞いて、ふと、佐子のことが頭に浮かんだ。沖がかつて、呉寅会の溜まり場にしていた広島のホルモン店だ。

林の話では、佐子は十年前に店を閉じたという。店を切り盛りしていたおばちゃんが、病で亡くなったのだ。店を手伝っていた今日子も、それを機に広島を出て、いまはどうしているかわからない。

流通りにあったクインビーも、パチンコ店パーラークラウンも、もうない。沖にとって大切な場所というわけではなかったが、なんだか自分の居場所が減ったような気がした。

流行りの歌らしいカラオケを、年配の男が歌い出した。歌っているのか、怒鳴っているのかわからない。男の大声に負けないように、峰岸が声を張った。

「お前ら、熊本、行ったことあるか」

ホステスたちに目をやる。

全員が首を振った。

「熊本いうたら、火の国、いうて言うじゃろが。せやけど、冬はおっとろしゅう寒いんやで。なんせ、これくらいの――」

峰岸はそう言いながら、両手を大きく広げた。

「氷柱が出来るんやさかい」

峰岸の隣にいたホステスが、目を丸くする。

「それってほんま？」

「おお、ほんまや」

峰岸はホステスの手を取ると、自分の股間に持っていった。

「わしのこれには、かなわへんけどな」

ホステスが峰岸の股間を軽く叩きながら、嬌声をあげる。

沖は咥えていた煙草の灰を、灰皿に落とした。

刑務所の冬はどこでも寒い。熊本は特に冷えた。盆地にあるため夏は蒸すように暑く、冬は凍えるほど冷え込む。一月二月になると、雑居房の窓には長さ二十センチもある氷柱が垂れ下がった。

「お客さん、熊本のことなんで知っとるん。出張で行かれたんですか」

沖の隣に座るホステスが訊いた。

答えなんかどうでもいい——そう顔に書いてある。座を持たせたいだけだ。

「出張？　ちゃうわい、単身赴任や。それも十三年、麦飯ばっかり食わされとった」

峰岸が、ピーナッツの殻を、テーブルの殻入れに放り投げた。

「あんなとこ、ようおったわ」

思い出すように宙を眺める。

ホステスたちが顔に張り付いたような笑みを浮かべる。刑務所のことだと、悟ったのだろう。

三島が控え目な口調で話しかける。

「ほいでも、峰岸さんは有名人じゃけ、待遇は良かったでしょう」

明心戦争で一番槍をつけた峰岸の名は、関西のみならず、全国のヤクザ組織のあいだに広く知れ渡った。

「金筋の極道にゃァ、刑務官も気をつかいますけんのう」

林が片手で、峰岸のグラスにビールを注いだ。

峰岸は酌を受けながら、苦笑いを浮かべた。

「刑務官はともかく、熊本刑務所にゃァ仰山、無期がおったさかいな。昔と違うていまは、仮釈放がつくんは三人にひとりや。それも最低、三十年は務めにゃならんさかいな。若いもんならともかく、歳いっとる無期はやりたい放題や。なあ、兄弟」

話を振られた沖は、肯いた。

「あいつらどうせ、一生、塀のなかじゃけん。極道でもなんでも、見境なしに襲うてきよった」

沖がいたころは、刑務所のなかで傷害事件を起こしても、起訴されて増し刑を喰らうことは稀だった。まして無期は、殺人罪と認定されない限り、刑期に変わりはない。傷害致死くらい、平気の平左だ。

「無期はまだええねん」

峰岸は新しいピーナッツの殻を剝(む)きながら、吐き捨てた。

「厄介なんはムキムキや」

「ムキムキいうて？」

黙って聞いていたホステスが、恐る恐る訊ねる。

峰岸のかわりに、沖が答えた。

「ムキムキいうんはのう、無期が仮釈放で出て、娑婆で懲りんと事件起こして、また無期くろうたやつのことじゃ」

峰岸が補足する。

「ムキムキはもう、二度と娑婆に戻れん。せやさかい、怖いもんなしや」

押し殺した声で言った。

「あんとき、兄弟がおらへんかったら、わしはこうして、ここに座っとらなんだ」

沖はなにも答えず、煙草をふかした。

ふたりが兄弟分になったきっかけは、峰岸がいうムキムキにあった。原(はら)という男で、熊本刑務所の疫病神(ヤクネタ)と呼ばれた無期囚だった。

ムキムキのなかでも原は質(タチ)が悪く、受刑者の飯を奪うことは日常茶飯事だった。それだけではない。刑務官の目を盗んで作業をサボり、ときにはほかの受刑者の作業道具をゴミ箱に入れ、足を引っ張るような嫌がらせもしていた。

収監された当初、峰岸は様子を見ていた。あえて疫病神に近づくことはない。誰もがそうであるように、原とは距離を置いていた。

峰岸が収監されてから半年後、火の粉は突然、降りかかった。原が峰岸の工具を、目の前でゴミ箱に投げ捨てたのだ。

激怒した峰岸は、原の襟元を掴み、壁沿いに積み上げられたレンガに向かって投げつけた。そのまま、渾身の力で頭部をレンガにぶつけた。原はその一撃で後頭部を割られ、意識を失った。が、峰岸の怒りは収まらなかった。地面に崩れ落ちた原の腹部を、靴のつま先で何度も蹴り上げた。あとで知ったことだが、原の肋骨は五本折れていた。

駆けつけた刑務官に取り押さえられた峰岸は、三か月の懲罰を喰らった。が、刑務所側も事情は把握しており、二か月あまりで懲罰は解除された。

事件は、峰岸の懲罰が解けたひと月後に起きた。

その日は天気がよかった。午前中の作業を終えた受刑者の多くは、運動場に出ていた。ある者は身体を動かし、ある者は芝生に寝転んでいる。

峰岸は運動場の隅にあるベンチに腰掛けていた。その峰岸の背後に人影を見つけたのが沖だった。人影は忍び足で峰岸へ近づいていく。

原だった。

峰岸にヤキを入れられた原は、怪我が治ったあと、他の工場に移されていた。無様な姿を誰にも見られたくなかったのか、自分を痛めつけた峰岸と顔を合わせるのが怖かったのか、しばらく原が運動場へ顔を出すことはなかった。その原が、運動場へ現れた。眼は異様に光り、片手を後ろに隠している。

沖は嫌な予感がした。

後ろに回している片手に目を凝らすと、なにかが光った。

武器（どうぐ）だ。直感した。

頭より身体が先に反応した。

峰岸のすぐ後ろに立った原に、沖は突進した。原は地面にもんどりうった。

馬乗りになり、原が握りしめているものを力ずくで奪った。

釘（くぎ）だった。十センチ以上はあったと思う。背中から狙って深く刺せば、心臓に届かなくもない。

「なにするんじゃ！　放さんかい！」

地面に這いつくばって、原は叫んだ。

刑務官が騒ぎを聞きつけ、駆け寄ってきた。暴れる原は、集まった刑務官から羽交い締めにされて連行されていった。

沖も、ふたりの刑務官に両脇を抱えられた。喧嘩（けんか）はそれぞれ別に事情聴取される。

刑務官室に連行されようとしたとき、後ろで峰岸の声がした。

「あんたがおらなんだら、うたた寝したままあの世へ逝っとったわ」

沖は灰皿で煙草をもみ消した。

「兄弟のことじゃ。わしがおらんでも、自分でなんとかしたじゃろう」

峰岸も吸っていた煙草を灰皿でもみ消した。席を立ち、沖の側へくる。

隣にいた林が腰をあげて、席を譲った。

峰岸はテーブルにいた女たちを、手で払うようにした。

「おまんら、あっちへ行っとけ」

女たちが言われるまま、席を離れる。

沖の横に座ると、肩に手を回した。

「なあ、兄弟。おまはん、神戸にきいへんか」

「神戸へ？」

沖は顔を上げて、横を見た。峰岸が肯く。

「広島はいま、仁正会、一色や。愚連隊が付け入る隙はあらへん。昔と違うて、サツの目も、世間の目も、厳しいさかいな。このまま広島におったらお前、パクられるか、殺されるかの、どっちかやで」

沖は峰岸の目を見据えた。眉間に皺が寄るのが、自分でもわかる。

峰岸は真顔で話を続ける。

「暴対法が出来てからいうもの、極道の世界も、がらっと、変わりおった。殺った殺られたの時代は、完全にしまいや。わしはのう、この三年で、嫌っちゅうほどそれを思い知った」

互いの視線がぶつかる。

峰岸はテーブルのビール瓶を手にすると、中身を沖のグラスへ注いだ。

「なあ、兄弟。神戸にきて、わしと一緒にやらへんか。正式に親分の盃もらえるよう、わしがあんじょうするさかい。きょうび生き残れるんは、うちみたいな、大看板だけやで」

峰岸が訪ねてきたのは、旧交を温めるだけに止まらず、スカウトする狙いがあったということか。

沖は注がれたビールをひと口飲むと、酌を返した。

「気持ちは嬉しいがのう、わしァまだ、ここで仕事が残っとる」

今度は峰岸が眉間に皺を寄せた。

「残っとる仕事て、なんやねん」

沖は答えなかった。

グラスのなかのビールを、ぐるりと回す。

「広島で天下とったら、そっちゃに会いにいくわい」

微かな舌打ちを、峰岸がくれる。

「わしの話を聞いとったか。時代は変わった、言うとるやろ。ついこのあいだ娑婆に出てきたお前にはまだわからんやろうが、もう愚連隊は生き残れんのや。なあ——」

食い下がる峰岸を、沖は手で制した。

「それはそれとしてよ。こんなにひとつ、頼みがあるんじゃ」

「頼み？」

峰岸は沖と正対し、先を促した。

沖は俯いたまま、途切れ途切れに、言葉を発した。

「鎌ヶ谷（かまがたに）あたりに、重田元、いう男が隠れとる。探し出して、くれんか」

気乗りしない様子の三島から、元の居場所を訊き出したのは三日前だ。

二人きりになった事務所で、沖は三島を問い詰めた。

三島はなかなか言わなかったが、沖のしつこさに根負けし、やっと口を割った。

「なんでも、大阪におるいう話じゃ」

「大阪のどこなら」

「鎌ヶ谷で見た、いうもんがおるらしい」

元を探し出すという沖を、三島は止めた。

「沖ちゃん、元のことはもうええじゃない。ほっとこうや。ムショを出て、もう八年も音沙汰なしじゃ。いまさら、戻ってくるわけあるまァが」

沖は、元を仲間に引き戻そうとしているわけではなかった。元が裏切り者かどうかを、確かめたいだけだった。

沖は俯いたまま、隣に座る峰岸を目の端で見た。

「二十年前、わしらのこと、密告したやつがおる。どがあなことォしてでも、落とし前つけんといけん」

「沖ちゃん」

三島が強い口調で沖を呼ぶ。眼が、止めろ、と言っている。

峰岸は残りのビールを飲み干すと、席を立った。

「わかった。なんぞ摑んだら、連絡するわい」

言い残すと、若い衆を連れ、峰岸は店を後にした。

峰岸が去ったテーブルで、口を開く者は誰もいなかった。三島も林も、口を噤んでいる。

「そうじゃ、どがあなことォしてでも、落とし前はつけんといけんのじゃ」

沖はそうつぶやくと、ビールを一気に呷った。

十七章

日岡は自分の机で、報告書にペンを走らせていた。

警察官の仕事の半分は、書類作成といってもいい。現場が書類を作り、上にあげ、上司が判子をつく。正義だの防犯だのと偉そうに御託を並べているが、所詮、お役所仕事だ。

日岡が呉原東署捜査二課に配属されたのは、今年の春だった。肩書は暴力団係主任だ。

かつての上司、大上章吾と同じポストに就いたのは、単なる偶然に過ぎない。が、心のどこかで、宿命だと感じる自分がいた。

十五年ぶりの勤務先となった古巣は、水回りと空調が直されたほかは、大きく変わっていなかった。二課の机の配置も当時のままだ。

日岡はひと息ついて、部屋のなかを見渡した。

朝礼が済み、係員の多くは、外回りに出かけた。席の半分が空いている。

いつもなら日岡も外へ出るのだが、今日は違った。夜勤の捜査員から引き継いだ報告書を、十時までに仕上げなければならなかった。

事件は、深夜の赤石通り路上でふたりの男が殴り合った、という単純なものだったが、当事者のひとりが烈心会のチンピラだった。マル暴が絡む事案のほとんどは、二課が処理する。

それはそれでいいのだが、当番の係員が二課以外の捜査員だったのが、厄介のタネだった。それも経験の浅い、交通課の若手だ。報告書の書き方がなっていない。丸投げに等しい状況で、一から書き直さなければならなかった。

そもそも、デスクワークは性に合わない。

作業が行き詰まり、日岡は無意識にワイシャツの胸ポケットに手を伸ばした。煙草のパッケージを取り出そうとして、署内が禁煙であることを思い出す。

日岡は舌打ちをくれた。

呉原東署に限らず、県内すべての警察関係施設は、屋内での喫煙を禁止していた。どこの所轄でも、煙草を吸うには外の喫煙所に行くしかない。

時代の流れだとわかっていても、ヘビースモーカーの日岡には、この規則が苦痛だった。内勤中に煙草が吸えないことが、書類仕事がはかどらない理由のひとつだと思っている。

日岡は手にしていたペンを置いた。

外で一服しようと椅子から腰を浮かしたとき、後ろから呼ばれた。

「班長！」

振り返る。

司波翔太だった。暴力団係の部下で、現在、日岡と相勤のコンビを組んでいる。

部屋に入ってきた司波は日岡に駆け寄ると、手にしていた二枚の紙を差し出した。

「班長、ビンゴです。あのマルB、明石組の峰岸に間違いありません」

日岡は司波から、紙を受け取った。

一枚は写真のコピー、もう一枚はFAXで送られてきた前歴照会書だった。昨日、兵庫県警に連絡して調べてもらっていたものだ。

興奮しているのか、司波が上ずった声で報告する。

「班長が言われたとおり、沖と峰岸は、熊本刑務所で一緒でした」

日岡はコピー用紙にざっと目を通した。前科前歴を読み上げる。

「暴行、傷害、恐喝、銃刀法違反、火薬取締法違反、凶器準備集合、殺人教唆——浪速の少年院から岡山の特別少年院、大阪刑務所、熊本刑務所。十八歳で成増組の若衆、二十九で若頭、心和会幹部の首を取って出所後、四十一で明石組の直参、四十三で若頭補佐……か」

日岡は書類から顔をあげると、司波を見てにやりと笑った。

「非行少年の鑑、極道のエリートじゃの」

「はあ」

司波は間の抜けた返事をした。

極道のエリートと言われても、どう答えを返していいのかわからない、といった顔だ。

司波は刑事になってまだ二年目のひよっこだ。階級は巡査。呉原東署には、半年前に配属された。

高校時代、柔道で県代表を務めただけあって、ガタイはいい。

荒っぽい任務が多いマル暴に引き抜かれる者の大半は、柔道か剣道の有段者だ。暴力団と対峙するには、体格とそれに伴った技量が必要になる。

空手の有段者とはいえ、日岡のように中肉中背の者は稀だ。

百八十センチ、八十キロと、司波も体格的には問題はない。が、如何せん童顔だった。三十過ぎだというのに、大学生くらいにしか見えない。

配属当初、二課でついたあだ名は、坊や。それを気に病み、司波はある日、頭を五分刈りにして刑事部屋に現れた。その場でついたあだ名は、いが栗。いまは省略されてイガと呼ばれている。そのたびに司波は、イガではなくシバです、と口を尖らせる。

二枚のコピー用紙を見比べる日岡に、司波は身を乗り出した。

「やっぱり班長はすごいです。絶対、筋者との接触があるいうヨミは当たっとりました」

興奮しているのか、頬が紅潮している。

日岡は司波を上目遣いに見やった。身長は日岡が七センチ低い。

「そんなもん、誰でも見当がつく。お前が鈍いだけじゃ」

刑務所に収監される人間は、多かれ少なかれ似た者同士だ。世間からはみ出した仲間意識が、檻のなかで深い間柄に発展する場合がある。いわゆる、ムショ仲間だ。

沖は二十歳そこそこの愚連隊の身で、暴力団と正面切って抗争事件を起こした猛者だ。その筋の人間で知らない者はいないだろう。本人が好むと好まざるとにかかわらず、同類は集まってくる。

日岡は、大上の墓前で会った沖の顔を思い出した。

やつの目は、一瞥で相手を凍らせる、人間離れした冷徹さを宿していた。野生の虎――人を平気で食い殺す目だ。

長いあいだ、檻のなかに閉じ込められていても、やつの心は死んでいない。いまでも、広島で天下をとるつもりだ。

そう、日岡は直感した。

その沖が、刑務所のなかで自分の力になる男を身内にしていても、おかしくはない。

むしろ、そう考える方が妥当だ。身内になった者は、沖が出所したら必ずやつのもとを訪ねる。少し考えれば、子供でもわかる。

日岡は、峰岸の前歴照会書に目を戻した。

沖の塒の情報を入手したのは、檀家であるガソリンスタンドのアルバイトからだった。

警察内でいう檀家とは情報源のことだ。

エスと檀家の違いは、裏社会に精通しているか、一般の素人かだ。

事件解決の手掛かりは、事件に直結する情報だけではない。無関係と思われる日常の些細な出来事が、解決の糸口になるケースがある。檀家の多さが刑事の有能さに比例しているといっても過言ではない。

日岡は檀家の重要さを、大上から学んだ。大上を真似て、日ごろから地元の商店のおばちゃんやパチンコ店に顔を見せ、自分を覚えてもらうよう努めた。

一般人の多くは、刑事というだけで警戒心を抱く。彼らの信用を得て、なおかつ必要な情報を聞き出すには、相手の懐に入ることが必要だ。嫁との仲が悪いたばこ屋のおばちゃんは、日岡が行くと延々と嫁の愚痴を言う。パチンコ店の気弱な店長は、厄介な客が店に来ないよう取り計らってくれと頼み込む。

こちらの望みを聞いてほしいと思うなら、相手の望みを叶えなければ人は動かない。

人から見れば雑用としか思えないことを日岡は嫌な顔ひとつせず続けた。いまでは、呉原東署内で、檀家を一番多く持っている。

大上の墓で沖と会った翌日から、日岡は沖に関する檀家まわりをはじめた。

沖と思しき人物を見た、もしくは見かけたという話を聞かないか、とそれとなく訊ねて回った。日岡の心にひっかかる情報を持っていたのが、ガソリンスタンドのアルバイトだった。

アルバイトの若い男は、ガソリンを詰めに立ち寄った一台の車について語った。

車両は、サイドとリアウィンドウにスモークを貼った黒のセダン。油を詰めているあいだ、ふたり連れの男は、車から出て立ち話をしていた。

それとなく耳に入った話では、檻から出てきたばかりの者はなにを望むか、というものだった。穏やかではない話をアルバイトは、怖さと興味半分でよく覚えていた。男たちは甘いものなら、なにを買っていくかという話をしきりにしていたという。

日岡が、ほかになにか話していなかったか、と訊ねると少し考えてから、不二見ビル、と答えた。古くからある雑居ビルだ。

男たちは、あんな古いビルにどうして、とか、馴染みの店が昔はいっていた、などとひとしきり語り、金を払って出て行ったという。

刑務所から出てきたばかりの男が、そのあたりに転がっているはずがない。檻から出てきたばかりの者、とは沖のことだ。

そう睨んだ日岡は、司波を連れて不二見ビルを張った。見知った顔が、不二見ビルに入っていくのを目撃したのだ。三島だった。

沖の塒を摑んだ日岡は、遠張りをはじめた。それが、一週間前だった。

三島をはじめ、呉寅会のメンバーと思しき者が出入りしていることから、呉寅会の事務所も兼ねているのだろう。

日岡が監視拠点に選んだのは、不二見ビルの道路を挟んだ向かいにあるマンションだった。マンションとは名ばかりで、かなりくたびれた、五階建ての建物だ。店が入っていないだけで、造りと古さは不二見ビルとほぼ変わりない。

沖の塒を見つけた日岡は、すぐにマンションの管理人と話をつけた。マンションの屋上から、不二見ビルに出入りする人間をカメラに収めるためだ。

管理人の許可を得た日岡は、司波と屋上に張り込んだ。

事務所に出入りしている、呉寅会のメンバーらしき男は十数人。確認が取れたのは頭の沖と、古参幹部の三島、林、高木の四人。あとのメンバーはまだ、人定できていない。

峰岸が、呉寅会の事務所を訪れたのは一昨日のことだった。

ひと目で堅気(かたぎ)ではないとわかる男が、ビルに近づいてきた。

整髪料で短髪を固め、ダークスーツのポケットに両手を入れている。ふたりの若い男が、前を歩き、露払いをしていた。

望遠レンズ付きの一眼レフで、日岡は男を観察した。

顔にはどことなく見覚えがあった。背広の胸元で、バッジが光っている。シャッターを連続して切った。

男たちがビルに入ると、カメラの液晶で写真を確認した。男がつけていたバッジは、明石組の「明」の字を菱形(ひしがた)で象(かたど)った、通称「明菱(あかびし)」の代紋だった。最高幹部の証(あかし)である、プラチナのチェーン付きだ。

写真で確認した人相、体格から、明石組若頭補佐の峰岸孝治だとあたりはついていた。

その推察は、チェーン付きのバッジを見たことで、確信にかわった。万全を期し、兵庫県警の四課に暴力団関係者照会（Z号）をかけた。男は間違いなく、峰岸だった。

日岡は胸ポケットから煙草を取り出し、口に咥(くわ)えた。

司波が、辺りの目を気にしながら日岡に囁(ささや)く。

「班長、署内は禁煙です」

日岡は司波を睨んだ。

「わかっとる。火はつけん」

咥えているだけでも、吸っている気分にはなれる。

日岡は峰岸の写真を、改めて眺めた。

明石組の最高幹部が、呉原の一愚連隊の事務所を訪ねる理由はない。おそらく峰岸は、沖と個人的な繋がりがある。刑務所で知り合ったムショ仲間だろう。

日岡は手元の書類を見ながら、司波に訊ねた。

「沖と峰岸の仲じゃが、お前、どう思う」

司波は少し考えてから答えた。

「わざわざ、こんな田舎まで来る、いうことは、ただの刑務所仲間じゃないですよね。熊本刑務所で沖は、峰岸の盃もろうたんじゃないでしょうか。舎弟か若衆かわかりませんけど。峰岸が出所した手下のもとを訪ねてくる。そう考えれば、理屈に合います」

あり得ない。

日岡は司波を見て、鼻で笑った。

「お前も沖の調書や裁判記録、読んだじゃろ。あの沖が、誰かの下につくわけなかろうが」

司波が戸惑う。

「いや、ほいでも、相手は明石組の幹部ですけえ」

日岡は書類を机に放ると、椅子の背にもたれた。

「明石じゃろうと案山子じゃろうと、沖が人の風下に立つことはないよ。あるとしたら、五寸の兄弟分じゃろ」

「班長、お言葉ですが――」

言いかけた司波の言葉を、日岡は遮った。

「愚連隊と明石組じゃァ、釣り合いがとれん言うんじゃろ」

「はあ」

間の抜けた返事をするのが、司波の癖だ。

メンバー十数人の愚連隊と日本最大の暴力団組織では、天と地ほどの差がある。暴力団の社会に限らず、世のなかは、小が大に仕える事大主義が蔓延っている。が、そうした一般常識は、沖に関しては当てはまらない。

日岡は椅子の背にもたれた。立ったままの司波を、下から見上げる。

「教えといちゃるがよ。極道の盃は、釣り合いだけじゃ、ないんで。相手が年下でも格下でも、たとえ稼業違いでも、こいつなら命を預けられる――そう思うたら、兄弟になるんが極道いうもんよ」

現に自分は、警察官であるにもかかわらず、義誠連合会会長の国光寛郎と盃を交わしている。明石組四代目・武田力也の首をとった男だ。

日岡は以前、自分のもとへかかってきた一本の電話を思い出した。

広島の県北にある比場郡の駐在所から、県警本部捜査四課に配属された二年後、西では桜が咲きはじめたころだった。

明け方の四時に、部屋の電話が鳴った。一之瀬からだった。

一之瀬は静かな声で、旭川刑務所で国光が殺された、と告げた。武田組の残党に刺殺されたという。

受話器を握りしめたまま、日岡は畳に崩れ落ちた。頭が白くなり、言葉の意味するところを把握できなかった。

国光の死——あり得ない。

脳が、現実を拒否した。

やり場のない怒りと無念の情が湧いたのは、一之瀬との電話を切ったあとだった。

かつての上司、大上章吾の死を確認したときもそうだった。違ったのは、怒りの持っていき場がなかったことだ。

利己のためだけに殺された大上の死への怒りは、その後の抗争阻止に向けての激情となって発露した。なにがなんでも、大上に手を下した五十子会と、その傘下の加古村組を壊滅に追い込む。凶暴なまでの怒りを胸に刻み、寝食を忘れて捜査に当たった。

だが、国光の死は違う。横道重信が国光を殺したのは、親分を殺られた子分が当然なすべき、敵討ちだった。極道社会においては讃えられることはあっても、謗られる行為ではない。因果応報——武田組の若い衆に殺られたのであれば、死んだ国光も、極道としては本望だろう。

二千人を超える武闘派集団だった武田組は、明石組執行部の政治的判断を含んだ手打ちに異議を唱え、あくまで心和会会長の首を狙った。

五代目明石組に弓を引くかたちになった武田組は、その結果、明石組本部から的に掛けられた。系列事務所へのカチコミ、ダンプ特攻、組員の引き抜き。最終的に組に残ったのは二十人弱と、最盛期の百分の一に激減した。

義誠連合会は即座に動く。武田力也の実弟で、力也亡きあと組長の座を引き継いだ武田大輝の命を、全力で取りに来る。そう日岡は危惧した。

しかし、若頭の立花吾一は動かなかった。正しくは、動こうにも動けなかった。国光の遺言があったからだ。

——親父っさん、もし自分に万一のことがあっても、報復は考えるな。組が潰れたら、若いもんの居場所がのうなる。遺言や思え。そうきつう、言わはりましてん。

通夜の席で立花は、目を真っ赤に泣きはらし、血が滲むほど唇を噛みしめていたという。

この話は、通夜に参列した一之瀬から、後日聞いた。

警察官である日岡は、通夜にも葬儀にも出ていない。毎年、国光の命日に、福中にある国光の実家の墓を参るだけだ。

「日岡」

名前を呼ばれて我に返った。

暴力団係の係長、石川雅夫がこちらを見ていた。黒縁の眼鏡を、鼻先まで下げている。後退した生え際が気になるのか、前髪を無理やり下ろしている。それが逆に、寂しくなった頭を強調していた。

日岡は司波を手で追い払うと、椅子から立ち上がった。

石川の席の前に立つ。

「なんでしょう」

石川は胸の前で手を組み、椅子の背にのけ反っている。

「呉寅会の件、点数になりそうか」

覚せい剤や銃器の摘発、交通違反や検挙率など、警察業務全般に課せられたノルマのことだ。

日岡と同い年の石川は、一年前に警部補に昇進した。警部からは試験ではなく、実績と推薦で昇格が決まる。警部以上のキャリアを目指す石川は、少しでも実績を積み上げ、上のご機嫌を伺うことしか頭にない。

「まだなんとも言えんですが、シャブの密売に手を染めとるんじゃないか、いう話は聞こえてきとります」

「ほうか」

石川は眉間に皺を寄せて、難しい顔をした。

「ブツは多けりゃ多いほどええ。ちいと泳がせて、グラムじゃのうて、キロで引っ張れんかのう」

相変わらず、吹かしてくる。

覚せい剤の押収は、グラム単位で点数が決まっている。五グラムだの十グラムだのが、通常の押収量だ。キロともなれば本部長表彰ものだが、そんな美味い話が、そうそう転がっているわけがない。無茶もいいところだ。

石川は粘りつくような視線で、日岡を見た。

「呉寅会対策班の立ち上げを言い出したんは、お前で。結果を出さんと、のう」

「まあ、頑張ります」

自分でも、言葉に気持ちが籠っていないのがわかった。

「それはそうと――」

日岡の感情になど忖度しないのか、石川は何事もなかったように、表情を戻した。

机に身を乗り出し、声を潜めた。

「拳銃(チャカ)じゃが、一丁でもええけ、すぐ出せんか」

来月は拳銃(けんじゅう)所持の取締月間だ。点数も倍になる。

日岡は心のなかで舌打ちをくれた。石川に顔を近づけ、小声で言う。

「係長もよう、知っとられるでしょ。昔と違(ちご)うていまは、組事務所へ入るんも、ひと苦労なんですよ。組の情報は、そう簡単にゃァ取りゃあせんです。県内でも年間、武器(どうぐ)は二十も挙がらんのですけ。すぐ、いうて無理ですよ」

石川が眉間に皺を寄せる。が、すぐに表情を取り繕い、作り笑いを浮かべた。

「のう。日岡ちゃんは、ええエス飼(こ)うとるじゃない。なんとかならんか。署長の異動が近いけん、花ァ持たせたいんじゃ」

石川に、ちゃん付けで呼ばれると、虫唾(むしず)が走る。

警察は上意下達の社会だ。上司の命令は絶対だが、これ以上の会話は、気分が悪くなるだけだ。

日岡は身を起こし、首の後ろを掻(か)いた。

「所持者不明(クビなし)でよかったら、なんとかします」

日岡は頭のなかで算段した。エスを通して、密売の銃を買うしかない。

大上が生きていたころは、ヤクザに話をつけて、拳銃と一緒にチンピラを出頭させることも可能だった。が、暴対法が施行されたいまは、そうはいかない。

国光と兄弟盃を交わし、裏で仁正会の一之瀬や瀧井と懇意にしている刑事が警察組織で生き残るためには、実績をあげるしかなかった。

問題は、監察の目をいかに掻い潜るかだ。

日岡がその筋のエスを飼い、極道とパイプを持っていることは、周知の事実だった。監察から目をつけられているだろうことは、自覚している。慎重にことを運ばなければ、警察官としての首が危うくなる。

大上は、警察内部の不祥事をノートに綴り、いざというときの切り札にしていた。ノートは大上の遺志で日岡に託されたが、いまでは役に立たなくなっている。不祥事の証拠を押さえられた警察官の大半は、すでに退職していた。金も、エスへの協力費や情報収集のために使い、底をついた。

自分の力で生き残るしかない。

生き残る方法は、大上から教えられた。

日岡はその場に立ったまま、つぶやいた。

「ええ。わしが、なんとかします」

自分が買えば、ヤクザや犯罪者に出回る拳銃の数が減る。シャブもそうだ。少しでもブツを減らせば、堅気のためになる。市民を犯罪から守るためなら手段を選ばない。

それが、大上の教えだった。

そう自分を納得させることが、いつの間にか身に染みついていた。
石川の頬に、本物の笑みが浮かんだ。はしゃぎ声をあげる。
「ほうか！　そりゃ助かるわい。やっぱり、日岡ちゃんは、うちのエースじゃのう」
石川は満面の笑みで手を差し出し、握手を求めた。
手を、おざなりに握る。
自分の出世にしか興味のない男──日岡は心のなかで唾を吐いた。

十八章

裏道の路肩に車を停めると、運転席の三島は振り返った。

「ここらへんで、ええかのう」

車の後部座席から、沖は窓越しにあたりを眺めた。

「例のアパートは、近くなんか」

三島は身体の向きをもとに戻して、前方を指さした。

「あっこらへんが新世界じゃ。そんで、そこにホテルがあるじゃろ。グリーンハイツは、そのすぐ先じゃ」

沖は三島の指の先を見た。

ゴミ袋と放置された自転車が並ぶ道の右側に、アカシアと書かれた看板が見える。休憩二千五百円、フリータイム三千円、宿泊四千五百円とある。立地と建物の古さから、部屋の様相が想像できた。どんないい女と入っても、立つものも立たなくなる汚さだろう。

沖と三島、林は大阪の鎌ヶ谷区にいた。なかでも治安がよくないことで名が知れている野島地区だ。娘を持つ世間の親なら、絶対に子供を近寄らせたくない地域だろう。

車を降りた途端、異臭が鼻を突いた。埃と黴と、腐敗した食い物が混ざり合ったような臭いだ。

沖に続き車を降りた三島と林は、あからさまに顔を顰めた。林が大袈裟に鼻をつまむ。

「くせぇ」

三島が上着の内ポケットから煙草を抜き、火をつける。煙草の匂いで、悪臭を紛らすつもりだろう。

ひどく侘びしい臭いだが、沖は懐かしさを感じた。子供のころ住んでいた長屋も、同じ臭いを纏っていた。

沖は目的のアパートに向かって、ゆっくりと歩き出した。

三島と林が背後に続く。

後ろで林が、三島に訊ねた。

「鍵、しっかりかけたんか」

三島が失笑する。

「車上荒らしで鳴らしたお前が、鍵の心配とはのう」

林が少し苛立った声で答える。

「被害に遭って一番困るんはレンタカーじゃ。賠償やら保険やら、こんなが思うとる以上に、手続きが面倒くさいんで。場合によっちゃァ、被害者のこっちが金を払わんといけんこともある」

沖たちがここまで乗ってきた車はレンタカーだった。白いカローラ。店にあったなかで、一番目立たない車種を選んだ。

明石組の峰岸から連絡があったのは、昨日だった。

「兄弟。探しとる男、見つかったで」

携帯の向こうで、峰岸が言った。

無意識に、携帯を握る手に力が籠った。

「やつは――元は、どこにおるんなら」

「野島や」

地区の名前を聞いただけで、いまの元がどんな生活を送っているか想像がついた。

一度、脇道に逸れた者がまともな道に戻るには、それなりに根性がいる。元は昔から芯がない男だった。どうせまともな暮らしは送っていないだろうと考えていたが、ドヤ街に住んでいるとは思わなかった。

元を探し出してほしい、そう頼んでから、二か月が経っていた。熱帯夜で寝苦しかったころが嘘のように、街には冷えた風が吹いている。沖が塒にしている地下は、すでに湯たんぽを必要とするほど、底冷えがきつい。

昨日は昼から小雨が降り、さらに冷えていた。が、峰岸の電話を受けた沖は、脇にじっとりと汗をかいた。

「野島のどこじゃ」

沖の問いに、峰岸は短く答えた。

「四丁目の裏通りに、アカシアっちゅうホテルがあるんやけどな。そのそばにグリーンハイツっちゅうアパートがある。そこの二〇三号室に、女とおるそうや」

沖は礼を言うと、携帯をたたんだ。

三島と林を呼び出し、大阪に向かったのは、夜が明けてすぐだった。

三島の車で呉原から県北の福中市まで行き、そこから新幹線に乗った。新大阪で下車し、駅前でレンタカーを借りた。アパートに着いたのが、いましがただ。

午前十一時半。昼前ならば、元は住居(ヤサ)にいる、と踏んだ。元のような不良上がりが動き出すのは、夕方からと相場は決まっている。

「三島、どうしたんなら」

後ろで林の声がした。

振り返る。三島が立ち止まっていた。つま先で、煙草の火を消している。

三島は顔をあげて、沖を見た。

「気持ちは、変わらんのか」

沖は斜に構えると、ズボンのポケットに両手を突っ込んだ。

「ああ、変わらん」

この二か月間、幾度となく交わした会話だ。

三島は元を探し出すことに反対だった。消息がわからなくなった昔の仲間など、放っておけばいい。他にやることはいくらでもある。それが三島の意見だった。

そのたびに沖は、首を横に振った。二十年のあいだ、裏切り者を見つけ出すことだけを考えて生きてきた。自分を売ったやつを捕らえ、ケジメをつけさせる。きっちり落とし前をつけられないようでは、広島制覇という野望を果たすことはできない。

三島は諦めたように首を振った。沖のところへやってくると、先に立って歩きはじめる。

三島はホテルを通り過ぎると、三軒先のアパートを見上げた。二階建ての木造だ。一階と二階、それぞれに四部屋ずつある。地震がくれば、簡単に倒壊しそうなほど古い。鉄製の階段と、むき出しの配管が赤く錆びついている。

三島は階段をのぼると、二〇三号室のドアの前に立った。沖を見る。

隣に立った。覗き穴はない。チャイムもない。

三島と林が、沖の後ろに控えた。

静かにノックする。

なかで人の気配がした。女の声がする。

「はい」

沖は自分の耳を疑った。

聞き違いだろうか。

ドアのすぐ向こうから、同じ女の声がした。

「誰ね？」

沖は後ろにいる林を見た。打ち合わせどおり、林が答える。

「宅配です。荷物をお届けにあがりました」

チェーンロックが外れる音がして、ドアが開いた。

三人で、部屋になだれ込む。

女が悲鳴をあげた。

後ろに退いた女の顔を見る。

真紀だった。

視覚の記憶は時が経てば曖昧になるが、聴覚と嗅覚の記憶は残る、となにかで読んだ覚えがある。女の声を聞いたとき、聞き違いかと思ったがそうではなかった。目の前にいるのは、かつての自分の女だった。

真紀は沖以上に驚いているようだった。目を見開き、声を出せずにいる。

玄関の先は、狭い台所になっていた。その奥が居室らしい。台所と居室のあいだにかかっている暖簾の下から、畳が見える。

立ち尽くしている真紀を突き飛ばし、土足で部屋に上がった。

六畳一間の居室に、男がいた。

元だった。

ジャージの上下に、綿入りの半纏を羽織っている。ジャージは、食べこぼしのような染みで汚れていた。

元はいきなり部屋に上がり込んできた男たちが視界に入らないかのように、うつろな目をして、壁に寄りかかっている。

部屋はかなり散らかっていた。雑に畳まれた布団が壁際に寄せられ、脱いだ服が散乱している。台所の流しには、汚れた食器が積まれていた。

沖は部屋の隅にある小さなテーブルを見た。注射器とパケが無造作に置かれている。

元の側にしゃがむ。半纏の襟元を掴みあげ、往復ビンタを食らわせた。

我に返ったのか、元が首を左右に振り沖を見た。わずかに目の焦点が合う。元は細い声でつぶやいた。

「お、沖ちゃん……」

沖は顎をあげて、元を見下ろした。

「久しぶりじゃのう、元」

元が、にいっと笑った。欠けた黄色い歯が覗く。目と歯を見ればわかる。重度のシャブ中だ。腕や足の血管は、注射痕でぼろぼろだろう。

元は二十年前と変わらない口調で、沖に気安く話しかけた。

「いつ出てきたんない。よう、ここがわかったのう。わしもついこのあいだ出てきたばかりじゃ。教えてくれりゃあ、出迎えにいったんじゃがのう」

元が娑婆に出たのは八年前だ。クスリで脳がやられているのだろう。自分が置かれている立場を、理解できていない。

沖は襟元から手を離すと、シャブが置かれているテーブルを、蹴り上げた。玩具のようなテーブルは、音を立てて壁にぶつかり壊れた。

入り口に座り込んでいる真紀を見やり、元に向き直る。いまの蹴りで正気に戻ったのか、元は沖を見上げて震えていた。

沖は腰を上げ、元の前に立ちはだかった。

「わしがしんどい目に遭うとるあいだ、楽しゅうやっとったようじゃの」

いきなり背中を突き飛ばされた。真紀だった。沖と元のあいだに割って入り、背中で元を庇う。

「違うんよ、虎ちゃん！　こん人が悪いんじゃない。うちが誘うたんよ！」

沖は真紀の左頬を、力いっぱい叩いた。

平手を食らった勢いで、真紀の身体が横に吹っ飛ぶ。

沖は倒れた真紀の顔に、唾を吐いた。

「わしの前で、元をこん人呼ばわりか。泣けるのう」

「虎ちゃん……」

叩かれた頬を押さえながら身を起こすと、真紀は赤い目で沖を見上げた。

元は部屋の隅まで後ずさると、身を小さく丸めた。

「真紀のいうとおりじゃ。わしゃァ、そがなことはいけん、いうて止めたんじゃ」

額に汗をかきながら、元は卑屈に笑った。

「のう、沖ちゃん、話しゃァわかる。のう、ちいと落ち着いて、話を聞いてくれんか」

沖は元の腹に蹴りを入れた。

潰されたカエルのような声をあげ、元が畳に倒れる。

真紀が元の身体に覆いかぶさった。身を挺して、元を守ろうとする。

「虎ちゃん、堪忍して。こん人を許してあげて。うち、なんでもするけぇ」

元から真紀を引きはがす。プロレスのように身体を放り投げた。壁際に置いてあった箪笥が、ロープ代わりだ。

背中を打ち付けた真紀が、悲鳴と呻き(うめ)の混ざった声をあげる。

自分でも抑えきれない怒りが、腹に込み上げてくる。憤怒(ふんぬ)は、ふたりが惨めであればあるほど、膨れ上がる。

元が沖の足に縋(すが)りついた。

「このとおりじゃ、沖ちゃん。こらえてくれ、頼むけ」

縋る手を、靴で踏みつけた。体重のすべてを靴底に乗せる。

「うあ、うあああ――」

元の目から涙が滲(にじ)み出る。

「やめて、やめてぇ！」

真紀が沖の背中にしがみついた。

腕を振り、沖は真紀を払いのける。

元の手を踏みつけていた足を、真紀の腹にめり込ませた。

「お前にゃァ、用はない。すっ込んどれ」

真紀は呻き声をあげ、その場にうずくまった。

「おい」

後ろにいる三島と林を振り返り、顎をしゃくる。

黙って見ていた三島は、小さく舌打ちをくれると、上着のポケットからハンカチを取り出した。

畳に伏せている元を起き上がらせ、後ろからハンカチで口を塞ぐ。

元は両手を振り回して、抵抗する。シャブで壊れた身体など、使い物にならない。

三島が首を少し強く絞め上げると、他愛もなく落ちた。

意識を失った元を、三島が肩に担ぐ。

もうここに用はない。

「いくぞ」

沖はドアへ向かった。

ドアを開きかけたとき、背後で真紀が叫んだ。

「刑務所帰りが、何様じゃ！」

沖は後ろを振り返った。

真紀が蹴られた腹に手を当てながら、立っていた。般若のような形相で、睨みつけている。

「偉そうに粋がっとるけど、もうあんたなんか、誰も相手にしょうらんけぇね。二十年も経ちゃァ、赤ん坊も成人するんよ。いまのあんたなんか、そのへんのチンピラと同じじゃ！」

沖は真紀を無視して、外へ出ようとした。

「なんね、あたしが怖いんね！　シャブ中の男には滅法強いくせに、女のうちには尻尾巻くんね！　そういうんを、女の腐ったのいうんよ！」

早口で捲し立てる。

「やめいや」

うんざりした声で、林が真紀の肩に手を置く。が、真紀の口は止まらなかった。

「なにがしんどい目ね。あんたひとりが苦労したようなこと言って。なんも知らんくせに。子供ひとり育てるんが、どんだけしんどいか、知りもせんくせに！」

沖は外に踏み出した足を、なかに戻す。

もう一度、部屋へ上がり込んだ。

真紀の前に立つ。

「なんね！　やるんね！」

唾を飛ばしながら、真紀が叫ぶ。目が血走っていた。

沖はぼそりと言った。

「元のガキ、産んだんか」

真紀が荒い息の合間に答える。

「だからなによ」

沖はありったけの力を込めて、真紀を殴りつけた。

真紀が畳に倒れる。

「沖ちゃん！」

林が止めに入った。

畳に倒れた真紀が顔をあげた。口元が赤い。血だ。

沖は真紀に向かって吐き捨てた。

「まともな振りして、ガキなんかこさえやがって」

真紀は身を起こすと、うつろな目を沖に向けた。

「なによ。子供産んで、なんが悪いんね！」

脳裏に血走った目が浮かぶ。父親の目だ。

大股で真紀に近づき、その場にしゃがんだ。

真紀の髪を摑む。顔を仰向かせた。鼻がつくほど顔を近づけ、小声で嚙みしめるように言葉を発する。

「シャブ中の、親を持った子供の気持ち、お前には、わからんじゃろう」

真紀が目を大きく見開いた。

しばらく沖を見つめていたが、やがて喉の奥から、くぐもった声をあげた。含み笑いだ。含み笑いは次第に大きくなり、哄笑に変わった。

林は口を半開きにし、真紀を見ている。

三島はなにも言わない。黙って沖を見ている。

沖は、笑い続ける真紀の横っ面を張った。

真紀は項垂れた。ゆっくりと顔をあげ、能面のような顔で沖を見やる。

「うちの子は、あんたとは違う。馬鹿やない」

拳を頭に叩きつけた。

真紀が横に倒れる。

今度は、起き上がらなかった。

元を担いで階段を下りた三島が、あたりを見渡す。林も首を伸ばし、周囲を確認した。

沖はふたりの後ろで、舌打ちをくれた。

「とっとと運ばんかい」

三島が振り返らずに言う。

「そう簡単に言うな。人の目っちゅうもんがあるじゃろうが」

沖は鼻で笑った。

この界隈では、揉め事は日常茶飯事だ。毎日どこかしらで、暴力沙汰が起きる。気にとめる者は誰もいない。

人の目より、もたもたしているあいだに、気を失っている元に目を覚まされたほうが厄介だ。大声を出されたら、パトロール中の警官が聞きつける可能性がある。

沖はふたりの背中を、手で軽く突き飛ばした。

「ごたごた言わんと、さっさと歩け」

停めていた車に戻ると、三島は鍵を開けてトランクに元を押し込んだ。用意していたロープで、胎児のように丸くなっている元の手足を縛る。

沖は、半開きになっている元の口と、腫れあがった瞼に、ガムテープを貼った。使い終わったガムテープをトランクのなかに放り投げる。手のひらをこすり合わせて埃を払った。

「おう」

林に向かって顎をしゃくる。

林はトランクを、音を立てて閉めた。

大阪にくるときは途中で新幹線を使ったが、帰りはすべて車を使う手筈になっていた。拉致したシャブ中を人目に晒すわけにはいかない。

中国自動車道にのり、神戸を過ぎたあたりで、三島がつぶやいた。

「のう、兄弟。やっぱり呉原に連れ戻すんか」

窓の外を見ていた沖は、前方に目をやった。三島が運転しながら、ルームミラー越しに沖を見ている。

沖は窓の外へ視線を戻した。

「何遍も同じこと言わすなや。お前もよう知っとろうが。わしゃァ、一遍、言い出したら聞かん男で」

三島はルームミラーから目を逸らした。

車のスピードがあがる。

トランクから物音が響く。元が、車の振動で転がっているのか、目を覚まして暴れているのかはわからない。

沖は懐から煙草を取り出した。

林が横から火を差し出す。一度吸って口から煙を大きく吐いた。

音の理由など、どちらでもいい。二十年越しのケジメをつけ、先に進むだけだ。

沖は窓を開け、吸い終わった煙草を弾き飛ばした。

「おい、もっと飛ばせや」

車がさらに加速する。

沖を乗せたカローラは、前を走っていたベンツを追い越した。

・

地下にある沖の塒には、すでに呉寅会の中核メンバーが集まっていた。

高木と本田、愚連隊上がりの四人だ。裸電球の下で、床に映る人影が揺れている。

レンタカーが呉原に着いたとき、午後の七時を回っていた。高木には、六時ごろ到着すると伝えていた。途中で渋滞に捕まり、予定より一時間遅れた。

沖はソファの背に腕を預け、部屋の真ん中に置かれている椅子を見た。沖と三島を除く七人が、ぐるりと取り囲んでいる。

古いパイプ椅子の上には、元がいた。意識を失っている。背もたれにロープでぐるぐる巻きにされ、死んだようにぐったりとしている。瞼と口の周辺が赤くなっているのは、ガムテープを剝(は)がしたあとだ。

懐から煙草を出し、火をつけた。

沖は車中で、二十年来の恨みにどう決着をつけるべきか考えた。嬲(なぶ)り殺すか、一気に殺(や)るか。

裏切り者に、情けをかけるべきではない。が、元は曲がりなりにも幼馴染(おさななじ)みだ。小さい頃の元の人懐っこい笑顔が、ふと脳裏を掠(かす)める。

三人ではじめて万引きした日、ひとつ年下の元は、戦利品の駄菓子を手に、縋るような目で、沖に笑いかけた。田んぼで相撲を取っては転がされ、泣きべそをかいていた元の顔が頭に浮かぶ。

思い出が頭を擡(もた)げるたびに、沖は、首を強く横に振った。自分ひとりなら、楽に逝かせてやったかもしれない。が、メンバーの前で、甘い顔を見せることはできない。

裏切り者がどうなるか、きっちり知らせておかなければ、会の統率がとれない。弟のように思っていたのに――いや、弟のように思っていたからこそ、怒りが増幅される。だが一方で、いざ実際に殺るとなると、憐憫の情が湧いてくる。

そんな自分に問いかける自分がいた。

――父親を殺した人間が、弟を殺すのを躊躇うのか。

沖は車の後部座席に背をあずけ、強く唇を噛んだ。

――殺るしかない。それも嬲り殺しにするしか、ない。それが、この世界の掟だ。

沖は腹を固めた。

ソファの上で、紫煙を大きく吐き出すと、沖はテーブルの灰皿で煙草をもみ消した。

愚連隊上がりのひとりに命じる。

「起こせ」

熊本刑務所で身内にした若い男だ。指にドクロを象ったシルバーの指輪をつけている。

ドクロは部屋の奥にある便所へ行くと、バケツに水を汲んで戻ってきた。項垂れている元の顔をめがけ、下から水を浴びせた。

元が意識を取り戻す。俯いていた顔を、ゆっくりとあげた。自分がどんな状況に置かれているのか、把握できていないようだ。ぼうっとした様子で、あたりに目を這わせた。

沖は座っていたソファから立ち上がった。隣の三島も尻をあげる。

沖は元の前に立った。

「元」

充血した目が、沖を捉えた。

「お、沖ちゃん……」

沖は腰をかがめ、元と目の高さを合わせた。

「気分はどうじゃ」

優しい声音をつくる。

元は椅子に括られている自分の身体を見た。次第に顔が強張ってくる。状況を把握したらしい。

元は椅子から立ち上がろうとした。が、ロープで縛られているため動けない。身を捩り、必死に逃れようとする。

沖は懐から新しい煙草を取り出した。ドクロが火をつける。

「のう、元。ここがどこかわかるか」

元は泣きそうな顔で、首を傾げた。

「さ、さあ。わしはァ、昔から頭が悪いけん……」

口のなかが腫れているのだろう。滑舌が悪い。

沖は小さく笑った。

「そうじゃのう。お前は昔から、頭のネジが外れとったのう」

「へ、へへ……」

沖の機嫌を取るかのように、元が追従笑いを返す。

「じゃが」

沖は、顔から笑みを消した。

「なんぼ、お前が頭が悪うてもよ、ここに連れてこられた理由は、わかるよのう」

元の顔からも、笑みが消える。

沖は元のみぞおちに蹴りを食らわせた。

元が椅子ごと後ろに吹っ飛ぶ。

床に倒れた元の口から、呻き声が漏れた。

元の後ろにいる若い者ふたりが、椅子ごと抱えてもとの場所へ戻す。

元は苦し気な息の合間に、切々と訴えた。

「真紀のことは、悪い思うちょる。じゃが、真紀が酔うて泣くけん。わしも、可哀そうになって……ほうじゃ、わしァ、なんにもしとらんで。ああ、指一本触れとらん。

い、一緒に住んどっただけじゃ。ほ、ほんまで、沖ちゃん」

「ほう。指一本触れんで、ガキ産ましたんか」

沖はもう一度、腹を蹴った。

今度は床に倒れなかった。若い者が、椅子を後ろから支えていた。

血がついた元の額に、汗が滲んでいる。脂汗だ。

元は、あの、縋るような目で沖を見た。消え入りそうな声で言う。

「沖ちゃんが出てきたら、詫びに行くつもりじゃったんじゃ。嘘じゃない。大阪で一からやり直そう思うてのう。最初は与太しとったが、いまは工場で働いとる。夜勤での。堅気になって、真面目にやっとるんじゃ」

元は目を剝くと、沖に向かって叫んだ。

「頼む、沖ちゃん。許してくれ。のう、このとおりじゃ。沖ちゃんのいうこと、なぁんでも聞くけん。のう！　沖ちゃん！」

椅子ごと身を乗り出そうとする元を、後ろのふたりが押さえつける。それでも元は、椅子の上で必死にあがいた。

沖は元に近づくと、その場にしゃがみ、元が着ているジャージの袖を捲り上げた。肘の内側が、真っ黒だった。注射の痕だ。

沖は元を、下から見上げた。

「こん腕で堅気か。ずいぶんと立派な堅気さんじゃのう」

沖は、吸っていた煙草の火を、元の腕に押しつける。元の悲鳴が地下室に響いた。

腫れて塞がりかけている瞼の隙間から、元は沖を見た。

「のう……真紀とは別れる。沖ちゃんに返すけえ、許してくれや」

元の目から涙がこぼれる。

間男が、熨斗ならぬ、ガキをつけて返すだと——。

身体の奥から笑いが込み上げてきた。堪えきれず、声に出して笑う。

完全にシャブ呆けしている。まともなら、いくら元でも口にしない言葉だ。

沖は立ち上がると、ズボンのポケットに両手を突っ込んだ。

「女なんか、どうでもええ。お前にくれちゃる。それより——」

沖はズボンのなかで、拳を握った。

「二十年前の話をしようや」

「二十年前？」

元がオウム返しに訊く。

シャブでいかれた頭では、すぐに時間を遡れないのだろう。沖は言葉を足した。

「笹貫んとこへカチコミかける前の晩、警察がわしらのアジトに踏み込んできた日のことじゃ」

「それが、どうしたんじゃ……」

声に抑揚がなかった。完全に白を切っている。動揺の色を見せないのは、シャブで脳がやられているからか。それとも芝居をしているのか。芝居だとすれば、たいした役者だ。

沖は懐に手を入れた。煙草のパッケージを取り出す。が、中身がなかった。

右隣の三島が、横から自分の煙草を差し出す。箱から一本抜き出し、口に咥えた。

沖の左にいる林が、ライターで火をつける。

煙草を深く吸うと、元の口にフィルターをねじ込んだ。

元が黙って咥える。煙草の先が小刻みに揺れている。

嚙んで含めるように、沖はゆっくりと訊ねた。

「のう、元。なんでサツは、わしらのアジトを、知っとったんじゃろうのう。幹部しか知らんアジトをよ」

元は首を大きく傾げた。

「笹貫やる日を、なんでサツは、知っとったんじゃろうのう」

今度は、逆側に捩る。

沖は穏やかな声音で言う。

「わからんか？」

元は肯いた。

沖は鼻の頭を掻いた。

「ほうか。さっきも言うたが、お前は昔から頭が悪いけん。わしが答えを教えちゃろう」

沖は元に、顔を近づけた。囁く。

「わしらをサツに、密告したやつが、おる」

沖は目に力を込めて元を睨んだ。

語気を強める。

「こんなァ、心当たりあるじゃろ」

腫れた唇から、煙草が落ちた。殴られた痕で青黒かった肌が、さらに血色を失っていく。ここにきて、ようやくアジトへ連れてこられた本当の理由を察したようだ。

元は震えながら、首を横に振った。

「わ、わしじゃない。ほんまじゃ。ほんまにわしじゃない！」

沖は元の右頰を張った。

元の顔が真横にふっ飛ぶ。

「ほうか、こんなじゃないんか。ほなら、誰が犬じゃと思う？」

元がむせび泣く。血の混じった鼻水が、口元を伝った。

「わからん。わからんが、わしじゃない！」

再び元の頬を張る。こんどは左だ。

元の口から嗚咽（おえつ）が漏れる。

沖は元の鼻先に、顔を近づけた。

「のう、元。もう一遍、説明しちゃる。ええか、よう聞け。メンバーをアジトへ召集したんは、その日の晩じゃ。若いもんは、お前が連れてきたんで。前もって知っとるはず、あるまあが。場所を知っとったんは、わしら幹部だけじゃ。ここまではわかるか、おう？」

元は躊躇いながらも首を縦に折る。

沖は三島、林、高木を順に見た。

「こいつらは、この二十年、ずうっとわしと繋（つな）がっとる。幹部で姿をくらましたんは、たったひとりじゃ。ここまで親切に教えちゃりゃァ、なんぼ馬鹿なお前でもわかろうが」

元は泣きながら叫び声をあげた。

「違う！　わしが大阪へ逃げたんは、真紀のことがあったけえ。沖ちゃんが知ったら、ただじゃすまん、思うたけえ。それで逃げたんじゃ。密告（チンコロ）したんは、わしじゃない！」

元は大きく息を吐くと、首を垂（こうべ）れた。ようやく聞き取れる声で言う。

「沖ちゃん……信じてくれ。ほんまじゃ、ほんまなんじゃ……」

沖は後ろを見た。

「おう」

高木に向かって、顎をしゃくる。

「あれ、持ってこいや」

高木が部屋の隅にある、鉄製の棚に向かう。戻ってきたその手には、剪定鋏(せんていばさみ)があった。新品だ。

鋏を受け取ると、沖は元の背後に回った。椅子の後ろで括られている手を、交互に摑む。

「右の指からがええか。それとも左からか」

元は椅子の上で、激しく身体を揺すった。

「止めてくれ、沖ちゃん！　わしら、こまい頃から一緒にやってきた仲じゃ。裏切るわけないじゃない。親父さんのときも、わし――」

沖は素早く元の右手を摑んだ。小指を刃で挟む。開いている持ち手を、ありったけの力で閉じる。

元の口から絶叫が迸(ほとばし)る。

床に落ちた小指を、林が拾い上げた。汚物を見るかのような目で、四方から眺める。

片腕のない林が、にやっと笑った。

「これでわしに、一歩近づいたのう」

「とりあえず、こりゃァ、間男の分じゃ。次は、詫びにも来んと、のうのうと暮らしとった分かのう」

今度は左手を掴む。右手と同じように、小指を落とした。

再び、地下室に絶叫が響く。

元の口元からは、涎がだらだらと伝わっていた。

「さて、今度は、シャブ中のくせにガキをつくった罰かのう」

「沖ちゃん――」

三島が声をあげる。

沖は項垂れている元の肩越しに、三島を見た。三島は沖に近づくと、剪定鋏を持っている手を握った。

「もう、そのへんでええじゃない」

沖は三島を目の端で見た。

三島は宥めるように言葉を吐いた。

「のう、兄弟。よう考えてみいや。あのままわしらが走っとったら、殺されるかパクられるかの、ふたつにひとつじゃったんで。走ってパクられたら、無期。もしかしたら、死刑になったんかもしれん。どのみち、わしら無事じゃ、すまんかった」

三島は沖の肩を抱き寄せた。

「のう、もう済んだことじゃ。こんくらいで――」

「お前、いつからそがあに、丸うなったんじゃ」

三島の口元が歪む。

沖は肩を摑んでいる三島の手を振り払った。真っ正面から向き合う。

「世の中、舐められたら終いじゃ。この世界、喰うか喰われるかの、ふたつしかないんで。力ずくで抑えつけんと、喰われる側に回るんじゃ！」

三島は唇を窄め、眉間に皺を寄せた。絞り出すように言葉を発する。

「時代は、変わったんじゃ。もう、力だけじゃ、やっていけん」

「なに眠たいこと抜かしとるんじゃ！」

沖は剪定鋏を床に投げつけた。

あたりが静まり返る。

沖はメンバーを見渡した。

「お前らもそう思うんか。おう！」

沖は順にメンバーの前に立つ。

「お前も、お前も、お前も、三島と同じように思うちょるんか！」

誰もなにも答えない。沖から無言で目を逸らす。メンバーの間を一巡すると、沖は三島の前に立った。

三島のシャツの胸ぐらを摑み、強く引き寄せる。鼻を突き合わせて、三島を睨んだ。

「わしら、なんも持っとらん。学も金も仕事もない。わしらにあるんは、力だけじゃ」

三島を突き飛ばすと、沖は部屋にいる全員に向かって叫んだ。

「弱腰でおったら、死ぬしかないんど！」

沖は腰の後ろに差していた拳銃を抜いた。椅子の前に回り、元の眉間に銃口を突きつける。あたりに臭気が立ち込めた。床が濡れている。元が小便を漏らしていた。

元は泣き腫らした目で、しゃくりあげた。

「頼む……助けてくれ……。ガキが……ガキがおるんじゃ」

「ガキにとっちゃァ、シャブ中の親なんぞ、おらんほうがマシじゃ」

撃鉄を起こす。

「やめてくれえ！」

元が叫ぶ。

「やめい、沖ちゃん！」

三島が沖へ走り寄る。

沖はトリガーへかけた指に、力を込めた。

唾を吐き捨てる。

「こんなは、とうに終わった人間よ」

地下室のコンクリートに、銃声が響いた。

十九章

日岡は大股(おおまた)で部屋を横切ると、自分の席へ向かった。シマの上席から、こちらを窺(うかが)う気配を感じた。

呉原東署暴力団係の係長、石川雅夫だ。読んでいた新聞を鼻先まで下げ、日岡に視線を向けている。

目が合う。石川は不快そうに、眉間(みけん)に皺(しわ)を寄せた。大幅に遅刻してきた部下に対し、苦言ひとつ呈することはない。いつものことだ。再び新聞を読みはじめる。

いくら注意しても日岡の遅刻癖は直らないと諦(あきら)めているのか、点数さえ上げれば多少のことには目を瞑(つむ)るつもりなのか。

日岡にとっては、そのどちらでもよかった。自分のやることに口出しされなければ、どう思われていようがかまわない。

午後の捜査二課は、半数以上の課員が出払っていた。三十ほどある席についているのは、十人ほどだ。

日岡は音を立てて、椅子に座った。

机の上に、書類が置かれている。部下があげてきた報告書だ。日岡が率いる呉寅会対策班は、全員で六人だった。日岡を班長に、司波をはじめ五人の部下がいる。班員は交替で、沖たちの行動を監視していた。机の上の報告書は、前日の当番が書いたものだ。

日岡は三枚つづりの書類を捲った。知らず溜め息が漏れた。ほとんど記述はない。白紙に近かった。昨日の報告書もそうだった。

日岡はシマの隅にいる司波に訊ねた。

「イガ。午前中、なんか報告はあったか」

今日の監視当番は、田川と坂東だ。

書類にペンを走らせていた司波が、小さく息を吐く。顔を上げ、日岡を見た。

「昼過ぎに連絡がありましたが、動きはないそうです」

日岡は腕を組んだ。

一昨日から今日にかけ、呉寅会の事務所は動きを見せていない。人の出入りも皆無だった。

――アジトを替えたか。

遠張りは四六時中、行っているわけではない。朝の十時から、日が暮れるまでに限られている。明確な犯罪行為が確認できないうちは、二十四時間の行動確認は無理だからだ。それだけの人員も、予算もない。夜の動向はわからないが、この二日、昼間に人っ子ひとり姿を見せないのは、明らかに妙だった。

司波が椅子から立ち上がり、日岡のもとへやってきた。ちらりと石川に目をやり、声を落とす。

「班長。やつら、やっぱりふけたんでしょうか」

日岡は軽く顎を引いた。

「その可能性が高いのう」

司波の目が、微かに泳いだ。

「どうしましょう」

「どう、しようかいのう」

日岡は他人事のようにはぐらかすと、椅子に背を預けた。

一からアジトを探し出すのは骨が折れる。防犯カメラの解析やメンバーの口座の動きを調べるには、時間と手間と予算がかかる。この状況では無理だ。

日岡は舌打ちをくれた。

「池の鯉と同じよ」

司波がぽかんと口を開ける。意味がわからない、といった表情だ。

「まあ、そのうち、跳ね上がるじゃろ」

沖が黙って大人しくしているはずがない。いずれ、どこかで事件を起こす。そのとき、やつらの後足を追えばいい。

しかしそれにしても――日岡は首を傾げた。

得心がいかないのは、なぜ、この段階で姿を消したか、だ。監視に気づかれたとは思えない。百メートルの距離から見張っていたのだ。なんらかの切迫した事情が、沖の側にあったと見るのが、妥当だろう。

頭の後ろで両手を組み、目を瞑る。

突然、石川の険しい声が聞こえた。

「なんじゃと、ほんまですか！」

目を開き、石川を見る。電話中だった。薄くなった額に汗を浮かべ、唾を飛ばしている。部屋にいる課員も、みな係長席を注視していた。

短い相槌を打つと、石川は受話器を下ろした。視線をこちらに向ける。

「日岡。ちょっと来てくれ」

石川は日岡を手招きした。顔が強張っている。

係長席に近づき、顔色を窺った。

「どうしたんですか、えろう難しい顔して」

石川は机に肘をつくと、顔の前で手を組んだ。

「えらいことになった。沖がやらかしたみたいじゃ」

日岡は石川のデスクの前に立った。

「やらかした、いうて？」

石川は額の汗を、手の甲で拭った。

「いまのう、大阪府警から電話があった。沖に、略取誘拐、傷害容疑で逮捕状が出とる」

誘拐——いったい誰を拉致したのか。

「誰を攫うたんですか」

「重田じゃ。呉寅会のメンバーじゃった、重田元じゃ」

日岡は息を呑んだ。

「重田を——」

思わず声が上擦る。

石川の話によると、一昨日の昼前、鎌ヶ谷区高宮町の重田のアパートに、突然、三人の男が上がり込み、重田とその妻、真紀に暴行を加えた。その後、重田は男たちが乗ってきた車で、連れ去られたという。

真紀の証言と防犯カメラの画像から、三人の男は、沖と三島、林と特定された。コンビニの防犯カメラから、車は白のカローラ、わナンバーのレンタカーと判明。Nシステムで車の動きを追うと、中国道を通り、呉原インターで降りていた。犯行に使われたカローラは、市内の高松町周辺でNシステムの網から逃れていた。

「府警が言うには、レンタカーは三島が借りとる。明くる日、呉原駅前の系列レンタカー会社に返されとるそうじゃ」

高松町は、呉寅会のアジトがある湊町のすぐ側だ。

「夕方、鎌ヶ谷署の捜査員が呉原へ来るそうじゃ。東署に捜査協力を頼んできとる」

石川がきつい目で、日岡を睨んだ。沖の監視役はお前らだ。いったいなにをしていたのだ、そう目が問うている。

いまさら言ってもはじまらない、そう思ったのだろう。石川は日岡から視線を外すと、細く溜め息を吐いた。

「府警が来るまで、これまでどおり遠張りしちょれ」

日岡は石川のデスクに両手をつくと、身を乗り出した。

「係長、そがな暢気たれとる場合じゃないですよ！　あれら、身柄ァ拉致って呉原に連れて帰っとる。沖は、半端なこたァせん男じゃ。まだ、アジトでいたぶっとる可能性もある。余裕こいとったら、重田は殺られるに決まっとる。すぐに動かんと、助かる命も、助からんですよ！」

殺られる——その言葉に、石川の顔色が変わった。

日岡の言葉は、半分は嘘だった。重田はすでに消されている。刑事としての勘は、そう告げていた。沖がアジトを替えたのが、引っかかる。おそらくアジトで重田を始末し、どこかに死体を遺棄している可能性が高い。

「すぐ、人員を手配してください。捜索令状（ふだ）も」

「ほ、ほうじゃけん、いうても……」

石川の声が震える。

「こりゃァ、府警の事件じゃけ、わしらが勝手に——」

完全に腰が引けていた。

府警と揉（も）めたくないのだろう。もっと言えば、他府県警と揉め事を起こして、上層部に睨まれるのが怖いのだ。

日岡は石川に、顔を近づけた。

「せっかく内偵かけとったのに、手柄ァ全部、あれらに持っていかれてええんすか」

石川が唇を窄（すぼ）め、腕を組んだ。不貞腐（ふてくさ）れたようにそっぽを向く。

日岡は声を殺した。耳元で囁（ささや）く。

「係長も、点数ほしいんじゃないんですか。こりゃァ、またとないチャンスですよ。人命救助優先いうことにして、上に話、通してくださいや。悪いように、しませんけ」

考え込むように、石川の目が左右に動いた。渋々といった態で、溜め息をつく。

「なんかあったら、お前が責任とれよ」

日岡は振り向き、部屋中に響き渡る声で叫んだ。

「おい！　臨場じゃ。呉寅会の事務所へガサかけるど！」

二課にいる課員たちが、一斉に日岡を見た。室内がざわつく。

日岡は司波を見た。

「イガ！　鑑識に言うて、準備させせい」

司波が部屋を飛び出していく。

「それから皆瀬！」

皆瀬は日岡の班員だ。

「お前は田川と坂東に無線いれい。目ん玉ひん剥いて、よう見張っとれ、いうての」

皆瀬は肯いて、すばやく受話器をあげた。無線司令部に仔細を告げはじめる。

日岡は部屋にいる課員に向かって、もう一度、声を張った。

「ええか。相手は命知らずの愚連隊じゃ。防弾チョッキ着用、拳銃携帯。すぐ、準備してくれ」

捜査員たちが一斉に立ち上がる。ドアへ向かって駆け出した。

日岡はそっとドアノブを回した。動かない。鍵がかかっている。

背後に目をやった。すぐ側に司波ら二課捜査員、その後ろには、機動隊が待機していた。

呉原東署を出た日岡は、沖のアジトへ向け、パトカーを急がせた。府警が来るまで待つなどと、悠長なことを言っている場合ではない。人命が懸かっているのだ。

日岡は司波に向かって、顎をしゃくった。打ち合わせどおり、司波が鉄製のドアをノックする。

「誰かおってですか。町内会の者ですが、回覧板です」

返事はない。

日岡はドアに耳をつけ、なかの様子を窺った。人の気配は感じられない。たぶん、部屋はもぬけの殻だ。

念のため、司波に目で指示を出す。もう一度、偽の来意を繰り返させた。

司波は言いながら、再びノックする。やはり、返答はなかった。

「あのー、町内会の者ですが」

日岡は背後にいる機動隊に向かって、静かに肯いた。

機動隊員のひとりが、バーナーを手にドアに近づいた。鉄製のレバーを握り、ヘルメットの耐熱グラスを下ろす。

青白い炎が、バーナーの先から噴出する。鍵穴の部分に先端を近づけると、あたりに火花が飛び散った。

ドアノブの周辺を焼き切ると、機動隊員は炎の噴射を止め、日岡の指示を仰いだ。

肯く。

ふたりの機動隊員が、手にした盾を前面で構える。ドアを蹴り倒した。

ドアが開くと同時に、隊員はなかへ飛び込んだ。日岡たち二課の捜査員も、あとに続く。

なかは真っ暗だった。懐中電灯の灯りを頼りに、司波が室内灯のスイッチを探した。

司波がスイッチを見つけて押す。じりじりと揺れる白色電球が、室内を照らした。

人影はない。やはり、もぬけの殻だ。

日岡は床を見やった。どす黒い染みがある。その場にしゃがみ、近くで見る。間違いない。血痕だ。飛沫痕が、広範囲に散らばっていた。拳銃を使ったか。

「やっさん！」

顔をあげて、鑑識係の木佐貫康夫を呼んだ。東署一の、ベテラン係員だ。

木佐貫は、機動隊員を掻き分け、日岡の側へきた。

立ち上がり、床を顎で示す。

「ここ、頼むわ」

木佐貫は鑑識道具が入ったジュラルミンケースを床に置くと、無言で作業に取り掛かった。

「田川、坂東!」

ふたりの部下が駆け寄る。

「お前ら、このあたりの聞き込みに行け。地下室じゃけ、なかの音は響かん。表じゃ表。ビルの近くで言い争う声を聞いたとか、不審な者を見たとか、なんでもええ、探ってこい」

田川と坂東が、部屋を飛び出していく。

日岡は汚れた床を見ながら、つぶやいた。

「やってくれたのう、沖」

呉原東署の小会議室は、剣呑(けんのん)な空気に包まれていた。

会議室の長机は、窓際と壁際に置かれ、向かい合う形で並んでいる。

窓際の上座には、阿曽利紀(あそとしき)が腰を下ろしていた。鎌ヶ谷署の警部補だ。その横に、鎌ヶ谷署の捜査員四名が座っている。

石川が報告を上げた。額に汗が滲(にじ)んでいる。

「捜査員が踏み込んだところ、事務所には血痕らしき——」

阿曽が机を叩(たた)く。怒りをあらわにし、石川の言葉を遮った。

正面をねめつけ、怒鳴り声をあげる。壁際の下座には、石川と日岡が座っている。

「あんたら、なんで勝手に動いたんや。あれほど何遍も言うたやないか。わしらが着くまで、待っとれと」

石川は頭を掻いた。自分と同じ階級の警部補に、卑屈な笑みを投げかける。

「そう言われましても、なにぶん今回の事案は、人命にかかわることですけえ」

阿曽のただでさえ厳(いか)つい顔が、さらに険しくなる。言い訳を繰り返す石川に、苛立(いらだ)っているのだろう。指先で、机をせわしなく小突く。

「この事件(やま)はうちの管轄や。ここは呉原東署(あんたら)の縄張りかもしれんが、警察にも仁義ちゅうもんがあるやろ」

日岡は心のなかで、冷笑した。

どんな道理やきれいごとを並べても、阿曽は自分らの手柄がほしいだけだ。出世に目がくらむ石川も、同じだ。理由は違えど、日岡もそうだった。誰もかれもが、目くそ鼻くそ、だろう。

日岡は耳のなかに指を入れた。耳垢(みみあか)を抉(こじ)る。

口の中で言葉を弄(もてあそ)んだ。

「縄張りじゃの、仁義じゃの、ヤクザじゃあるまァし」

日岡のつぶやきを聞きつけ、鎌ヶ谷署の若い巡査長が、音を立て椅子から立ち上がった。

「なんやと、この田舎警察が。府警舐(な)めとったら、承知せんど！」

「まあ、まあ」

石川がふたりのあいだに、割って入った。

「同じ警察官ですけ、落ち着いて――」

場を収めようとする石川を、日岡は手で制す。鎌ヶ谷署の捜査員を下っ端から順に睨み、阿曽で目を止めた。

「あんたらがそう言うんじゃったら、それでええですよ。今回の事件(やま)はあんたらが好きなようにすりゃァええ。じゃが、もし重田の遺体(おろく)が呉原東署(うち)のシマで上がったら――」

日岡は声にドスを利かせた。

「あんたら、手出しせんといてくれ」

気圧(けお)されたように、阿曽がごくりと唾を呑む。

日岡は席を立った。

石川が呼び止める。

「待て、日岡！　話はまだ終わっとらんぞ。日岡！」

制止を無視し、日岡は会議室を出た。

重田元の遺体は、十中八九、呉原で出る。沖は呉原の出身だ。どこに死体を隠せば見つからないか、よく知っている。

阿曽の鬼のような形相が、目に浮かぶ。

さぞや、悔しがることだろう。

苦い笑いが込み上げてくる。

誰もが自分のことばかりだ。

日岡は廊下を歩きながら、ズボンのポケットに両手を突っ込んだ。


日岡は助手席のシートを倒すと、背をもたせかけた。

脚を組み、ダッシュボードに乗せる。

上着のポケットから煙草を取り出し、ジッポーで火をつけた。助手席のウィンドウを下ろし、外へ煙を吐き出す。

腕時計で時間を確認した。午後十一時半。街灯が照らすアーケードの入り口に目をやる。いま日岡がいる赤石通りは、呉原一の繁華街だ。とはいえ、所詮(しょせん)は田舎だ。この時間ともなると、路上の人影はまばらだった。

日岡は煙草の先端を窓の外へ出し、指で弾(はじ)いた。火の粉が散り、灰が落ちる。

司波と組んで、赤石通りの聞き込みを開始してから、今日で三日になる。遠張りで撮った呉寅会メンバーの写真を手に、呑み屋、喫茶店、ゲームセンター、地元の商店を回っているが、何の当たりもない。

呉原東署が、沖のアジトにガサをかけたのが十日前だ。その前の二日間を加えて、およそ半月のあいだ、沖たち幹部はもちろん、若い者の目撃情報も皆無だった。

再び肺をニコチンで満たす。運転席のドアが開いた。

司波はシートに腰を下ろすと、日岡に缶コーヒーを差し出した。

「ブラックでよかったですよね」

日岡は軽く肯き、缶コーヒーを受け取った。煙草を車の灰皿で消し、プルタブを開ける。口に含んだ。香りのない苦いコーヒーが、喉を流れていく。

司波が自分のコーヒーを開けながら、日岡に訊ねた。

「本署から連絡は？」

日岡はフロントガラスの前方を見やり、息を吐いた。

「梨のつぶてじゃ」

「先輩らのほうは、どうですか」

日岡は自分の頭を、額から後頭部へかけてなぞった。

「あっちも坊主じゃろ。なんかありゃァ、言うてくる」

釣果なし、と釣りにたとえて答える。

日岡班は三組に分かれ、管内の呉寅会のメンバーが出入りしそうな場所を当たっている。スナック、食堂、コンビニなど、アジト周辺の聞き込みはあらかた終わったが、手掛かりはなにも見つかっていない。

司波が、シートに寝そべる日岡を見た。

「府警は、沖の妹に聞き込みに行ったそうですね」

五十子会の組員だった父親は、二十八年前に失踪。母親は十年前に病死している。妹は、呉原市内のサラリーマンの家に嫁いだ。

血縁をたどる糸は、その妹しかない。

苦いだけの缶コーヒーを口に含む。舌で転がし、胃に流し込んだ。

「府警は妹に、しつこう嚙み付いたようじゃが、なんも出んかったそうじゃ。沖とは二十年以上、音信不通。何回か刑務所へ面会の申し込みをしたみたいじゃが、沖が断ったそうじゃ」

「身内とは、すっぱり縁を切っている、ということですね」

司波が溜め息交じりに言った。

三島も林も高木も、自分の住居に戻った気配はない。幹部を含め、メンバー全員が姿を消している。いったい、どこに身を潜めているのか。

司波がぼそりと言葉を続けた。

「床の染み――」

日岡は司波を見た。司波はハンドルに腕を預け、前方を見ている。

「沖のアジトの床にあった染み、あれは重田のものでしょうか」

科学捜査研究所の調査で、沖のアジトの床にあった染みは、血痕と断定された。血液型は、重田と同じB型だった。

司波は日岡に顔を向けた。

「やっぱり、重田は消されたんでしょうか」

日岡は残りのコーヒーを、ひと口で飲み干した。上着のポケットから、新しいハイライトを取り出す。パッケージから一本抜き出した。

「身代金が取れるわけじゃあるまいし、人質にする意味はなかろうが」

ジッポーで火をつけようとしたとき、警察無線ががなり立てた。

「本部より各車両、至急、至急、至急。呉原市高松町二の五の一、竹入興業ビル地下一階にて発砲事件発生。負傷者数名が出た模様。近隣各車両は直ちに臨場せよ。繰り返す。県警本部より、至急、至急。高松町にて発砲事件。被疑者は四、ないし五名の男。人着は黒のジャージ上下、黒の目出し帽。各車両は現場へ急行せよ」

日岡は倒していたシートを、勢いよく起こした。咥えていた煙草を上着のポケットに押し込み、無線のマイクに手を伸ばす。

「呉原東31、了解！」

マイクを戻すと、日岡は司波を見やった。

「イガ、池の鯉が跳ねたかもしれんど」

司波はシートベルトを締めて、エンジンキーを回した。咳き込むように言う。

「竹入興業いうたら、たしか──」

日岡は肯いた。

「そうじゃ。烈心会の系列じゃ」

竹入興業ビルは、呉原市内の港通りにある。古くからある繁華街で、赤石通りを少し小さくしたような感じだ。港の近くにあるため、船乗りはもとより、美味い魚が食えるという理由で、接待にもよく使われる。スナックや料理屋がテナントで入っている。

気が昂っているのだろう。司波の息が荒くなる。

「シートベルト締めてください。飛ばします」

司波はウィンドウを下ろすと、着脱式の赤色灯を車の屋根に取り付けた。

日岡がシートベルトを締めた。と同時に、車は急発進した。

竹入興業ビルの前には、パトカーと警察車両が密集していた。あたりは赤色灯の光に包まれている。

日岡はビルの周辺に集まっている野次馬を掻き分け、規制線の黄色いテープをくぐった。

事件現場のバー「リブロン」は、ビルの地下にある。

通路に制服警官が待機していた。日岡の姿を認めると、さっと道をあける。

日岡は開いているドアから入り、店内を眺めた。すでに機動捜査隊が臨場し、現場を調べていた。鑑識の姿もある。

リブロンの内装は、ヨーロッパ調に統一されていた。中央に白いグランドピアノが置かれ、それを取り巻くように、ボックス席がある。カウンター席も含めて、二十人も入ればぎゅうぎゅうだ。天井でシャンデリアが光っている。

店のなかを見た日岡は、眉間に皺を寄せた。ベルベットの椅子はひっくり返り、高級そうな花瓶が床で粉々になっている。カウンターの奥にある棚は壊れ、なかに並んでいた酒瓶の大半が割れていた。

「暴れてくれたのう」

日岡は誰にともなくつぶやいた。

「日岡班長」

店の奥から、呼ぶ声がした。

「こっちじゃ。こっち」

見ると、鑑識係の木佐貫康夫が、手招きしていた。

木佐貫は、非常口の扉の奥にいた。カメラのフラッシュが、何度もたかれている。

急いで駆け寄る。

日岡がそばに来ると、木佐貫は道をあけて、非常口の奥に目をやった。

分厚い鉄製のドアの奥を見た日岡は、顔を顰めた。

非常口の先は、隠し部屋になっていた。バカラのカード台や、ルーレットが並んでいる。壁には、バーカウンターが設えてあった。文字通りの、地下カジノだ。

木佐貫が腰を屈めた。床に、人形に縁どられたテープが貼られている。木佐貫は床を見やりながら言う。

「被害者は三名。暴力団員と思われる男二名と、ホステスの女がひとりじゃ。暴力団員風の男のうちひとりは、ここへ倒れとった。救急搬送されたが、まず助からんじゃろ。胸に二発、喰ろうとったけえ。あとのふたりは軽傷じゃが、病院へ担ぎ込まれとる」

日岡は部屋の全体を見渡した。入り口のドアの上とカウンターの天井近くに、監視カメラが設置されている。

「目撃者は？」

日岡はそばにいた機捜隊員に問いかけた。

「いま、本署のほうへ移送されとります」

別の捜査員が付け足す。

「事件発生時、店には十人近くの客とバーテンダーがおったようです。被疑者（マルヒ）は拳銃を発砲、金庫を開けさせ、現金を奪って逃走した模様です」

「拳銃（チャカ）持って、ヤクザの賭場（とば）に押し込み強盗か」

「はい」

捜査員が短く答える。

日岡は声を落として言った。

「銃刀法違反に強盗致傷、いや強盗殺人か……死刑になるかもしれん事案じゃのう」

横から司波が口を挟んだ。

「被疑者は、暴力団関係者ですかね」

「馬鹿こけ」

日岡は鼻で笑った。

「いまどきのヤクザが、こがあな荒っぽい仕事（ヤマ）、踏むわけあるまあが。チャカ弾いただけで、組長（うえ）まで持っていかれるんど」

「じゃァ――」

「班長！」

司波の言葉を、田川の怒鳴り声が遮った。

「これ、見てください！」

地下カジノのカウンターのなかで声を張り上げる。

日岡は大股で、カウンターの裏に回った。カウンターの内側に、ビデオデッキとモニターがあった。地下カジノの部屋が映っている。

田川はモニターを指さした。

「防犯カメラの映像です。一部始終、映っとります」

田川の隣にいた坂東が、テープを巻き戻した。止めて、映像を流す。日付は変わって昨日、時間は二十三時十一分。事件発生直後だろう。日岡はモニターに目を凝らした。

ドアのブザーが鳴り、部屋のなかにいた男が扉に近づいた。スライド式の隠し窓を開け、訪問者を確認している。おそらく常連客だ。一見（いちげん）の客を入れるはずはない。男が肯き、ドアを開けた。と同時に、訪問者の背後から、覆面姿の男たちが部屋へなだれ込んだ。覆面のひとりが天井に向けて発砲した。悲鳴が上がる。

「ちょっと待て」

日岡はテープを止めさせた。

「こいつら、どうやってバーへ入ったんじゃ」

警察の捜査を警戒し、バーの部屋にも、当然、監視カメラが設置されているはずだ。

「たぶん――」

田川が首を上げ、日岡を見た。

「バーで客の振りをして、カジノに入る客を待ち構えとったんじゃないかと」

「じゃったら、バーのカメラ見りゃ一発じゃろうが」

田川は言いづらそうに答えた。

「それが、バーのカウンターの下の録画装置は、壊されちょりまして。目撃者の話じゃと、逃げるとき、カウンター越しに拳銃で撃ち壊したらしいです」

日岡は唇を窄め、鼻から息を抜いた。

「バーの客の目撃情報は」

声に苛立ちが混じる。

「四人組の男とだけしか」

「なんでじゃ！」

怒鳴った。

「それが、あっという間の出来事で、顔もよう覚えとらんそうで……」

申し訳なさそうに、田川が答える。

怒りを押し殺し、日岡は大きく息を吐いた。

「ブザーを押した常連客は生きとるんか」

田川が肯く。

「はい。ほかの目撃者と一緒に、本署へ向こうとります」

深呼吸を繰り返し、思考をまとめた。

「あらかじめ下調べして、常連客のあとを尾けとったか。それとも、そいつが共犯か。そのどっちかじゃろう」

司波が不思議そうに首を傾げた。

「なんで、こっちのカメラは壊さんかったんでしょう」

日岡は即答した。

「皆殺しにするんならともかく、どうせ目撃者から情報が洩れる。覆面しとるけ、顔はばれん思うたんじゃろ」

日岡は田川に命じた。

「続きを映せ」

田川が再生ボタンを押そうとしたとき、捜査員が身に着けている携帯無線が一斉に鳴り響いた。

無線から上擦った声が流れる。

「本部より至急、至急。呉原市宮西町四の二、民家にて発砲事件。負傷者複数。繰り返す。宮西町民家にて発砲事件。マルヒ四名はバイクにて逃走。人着は全員、黒のジャージ上下に目出し帽！」

その場にいた全員が、互いの顔を見回した。誰もが啞然としている。連続発砲事件の発生が、信じられないようだ。

「班長」

司波が日岡を呼んだ。

「同一犯でしょうか」

日岡は答えず、ビデオデッキの再生ボタンを押した。モニターに流れる映像を、食い入るように見つめる。

覆面姿の侵入者は、手慣れた様子で被害者を撃つと、カウンターのなかから金を奪って逃走した。

襲撃犯のひとりが、部屋を出るとき、なにかを確認するように天井をちらりと見た。覆面から覗く目に、日岡は奥歯を嚙んだ。ぎらぎらと底光りする双眸。いまにも人を食い殺しそうな目をしている。

——沖だ。間違いない。

モニターを見つめながら、日岡は拳を握った。

二十章

夜の多島港は静まり返っていた。

聞こえるのは、打ち寄せる波と風の音、高木たちがはしゃぐ声だけだ。

沖、三島、高木、林、そして呉寅会のメンバー五人は、船小屋にいた。多島港の外れに建つ掘っ立て小屋だ。昨夜の戦利品を真ん中にして、車座になっていた。

いま船小屋にいる九人は、昨夜、大戦果を挙げた。烈心会の賭場と覚せい剤の隠し場所を、二手に分かれて襲撃したのだ。

三島と高木は若い者二人を連れ、烈心会の隠れ家に押し入った。沖は若い者三人と地下カジノを襲った。

今回の襲撃は、すべて林が絵図を描いた。ひと目につかない空き家に、烈心会が覚せい剤を隠匿しているという情報も、リブロンに地下カジノがあるという情報も、林が摑んできた。

高木の話では、シャブを隠していた空き家には、烈心会の組員三人が詰めていた。覚せい剤強奪組は、拳銃を取り出して抵抗した組員の腹部を真っ先に撃ち抜き、恐れおののいて両手を上げたふたりを殴打して縛り上げ、頭に銃口を突きつけた。そして、そのふたりを脅し、覚せい剤の在り処を訊き出した。押し入れの天井裏に隠された携帯金庫のなかには、およそ二キロの覚せい剤が入っていた。

逃走用の車とバイクを手配したのも、この船小屋を用意したのも林だ。車上荒らしで名を知られた林だったが、片腕を失っても、腕に衰えはなかった。車やバイクを盗んでくるのは、いまもお手の物だ。

林がどうやって情報を仕入れてくるのか、いまもってわからない。一度、執拗に問い詰めたが、林は言葉を濁し、曖昧な笑みを浮かべただけだった。

おそらく、暴力団関係者に強いコネがあるのだろう。林の情報で仕事が成功した場合、取り分は沖と同額だ。金を渡しているのか、それとも、なにか弱みを握っているのか。

林のことだ。自分が消されないよう、周到に手を打っているに違いない。沖にすら情報源を明かさない理由は、自分の存在価値を高めるためだろう。沖はそう踏んでいた。

いずれにしても——林は、呉寅会にとって欠かせない存在だ。

役に立つ人間は、歳を取ろうと、どんな境遇、姿になろうと、役に立つ。

ふと、幼い時分の元の顔が浮かんだ。

生まれたときは別でも、死ぬときは一緒だ。そう誓い合った元は、沖を裏切った。脳裏に浮かぶ人懐っこい笑顔が、恐怖に歪んだ死に顔に変わる。

苦い思いを振り切るように、沖は目の前の欠けた湯飲み茶碗を手にした。ひと息に呷る。正面に座る若い者が、焼酎の一升瓶を手にし、膝を乗り出す。酌をした。

沖は注がれた焼酎を、また、ひと息で飲み干した。

強い風が吹いた。

天井からぶらさがる裸電球が揺れる。メンバーの影がゆらりと揺れた。

高木が、車座の中央に置かれた、白いビニール袋を指さした。

厳重に梱包された透明な袋が八つ——覚せい剤がみっしり詰まっている。

「まさか、こがあに隠しとるとはのう。見てみいや、大盛りの大漁じゃ！」

声を張り上げて言う。かなり酔っている。

沖の隣で、三島が眉間に皺を寄せた。高木を睨み、人差し指を口に当てる。

このあたりは船場から遠く、岩場のため、釣り人すら滅多に姿を見せない。

以前は、地元の漁師が漁の道具を置いていたが、別の場所に移したのか、漁師をやめてあとを継ぐ者がいなかったのか、いまはもう使われていない。たまにやってくるのは、雨風をしのぐ野良犬や猫だけだ。

林はそう説明して、口の端を上げた。

午前二時。深夜のこの時間、辺りに人がいるとは思えない。だが、用心するに越したことはない。三島が忠告しなければ、沖がするつもりだった。高木はバツが悪そうに頭を掻き、声を落とした。

「ほいでも、こんだけのシャブ、いったいなんぼになるかのう。街で捌きゃァグラムが二十万じゃけ、全部で――」

すぐには計算ができないのだろう。高木が視線を宙に向け、言い淀む。

「四億じゃ」

三島が助け舟を出した。

「よ、四億!」

若い者が声を揃えて、奇声を発する。

「おい、静かにせんか!」

三島が声を抑え、周囲を睥睨した。

「すんません、兄貴」

大声を上げた若い者が、慌てて頭をさげた。叱られながらも、口元が綻んでいる。

沖は茶碗を手にし、場を仕切り直した。

「もう一遍、乾杯じゃ」

メンバーがかわるがわる酌をする。

一斉に茶碗を掲げ、焼酎を口にする。

ちびりと酒を口に含んだ林が、覚せい剤の横に置かれたボストンバッグを、まじまじと見た。

「現金七百万、シャブがおよそ四億。当分、銭にゃァ困らんのう」

ボストンバッグのなかには、地下カジノから奪った金が入っていた。三島が念入りに数えた現金は、七百と三万円あった。

「四億と七百万か……」

高木がうっとりした顔で、揺れるランプを見やる。

林が、隣にいる高木の肩に手を置いた。

「それもこれも、みんな、わしのお陰じゃろうが」

「おお、そうじゃった。そうじゃった。大手柄じゃ」

高木が、林の肩に手を回す。

沖は手を伸ばして、林の茶碗に酒を注いだ。

「林は腕一本なくしたが、のうなった腕は、ここに残っちょる」

沖は自分の片腕を叩いた。

意味がわからないのだろう。若い者がきょとんとした顔で沖を見た。

「林はわしの片腕よ」

得心がいったように、座に静かな笑いが広がる。

林は苦笑いを浮かべた。自嘲気味に言う。

「まあ、こがな身体じゃけん。行っても働けるかどうか、わからんけえのう」

林には、万一のときの連絡係として、隠れ家に残るよう指示していた。が、本音は別のところにある。襲撃犯のなかに片腕のない男がいれば、警察にも烈心会にも、呉寅会の犯行とバレる可能性が高い。それを危惧してのことだ。

「にしても、四億で、四億。豪儀じゃのう！」

高木がまた吼える。

林は急いで、高木の口を手で塞いだ。

困ったやつだが、メンバーが喜ぶ姿を見るのは、悪いものではない。沖は喉の奥で笑い、酒を口にした。

メンバーのほとんどが、口元を緩めていた。唇を引き締めているのは、ひとりだけだ。三島の顔に笑みはなかった。

面を伏せ、黙々と酒を口に運んでいる。

元を撃ち殺してからというもの、三島の顔から笑みが消えた。沖と、まともに視線を合わせることもない。いつも考え込むように、どこかを見ている。

ひとり沈んでいる三島に気づいたのだろう。林が三島に茶碗を向けた。

「みっちゃん。どうしたんなら。さっきから辛気臭い顔して」

三島が瞳だけ動かし、林を見た。

「まだ、浮かれるんは早いで」

「なんでじゃ」

林が首を傾げる。

「これで浮かれんで、どこで浮かれるの。四億で四億！　真面目に働いとるやつには、一生かかっても拝めん金じゃ。浮かれてなにが悪いんの」

三島は酒が入った茶碗を下に置いた。ぐるりと全員の顔を見やる。

「のう。二キロのシャブを、呉原で捌ける思うちょるんか。サツも目を光らしとるし、烈心会も血眼になって、犯人を追いかけるじゃろ。余所に持っていって売ろうにも、ちまちま小売りしとったら、地元の極道と必ず揉める」

三島はそっぽを向いた。

「宝の持ち腐れじゃ」

「そがな――」

言いかけて、高木が絶句した。言葉が続かない。

華やいだ空気が一瞬で色褪せ、小屋が沈黙に包まれる。

沈黙に耐え切れなくなったのか、若い者がぽつりと漏らした。

「どがあしたら、ええじゃろ」

沖は、含み笑いを鼻から漏らした。

メンバーたちの顔を、順に見る。

「心配せんでもええ。最初からそがァなこたァ、わかっとる」

みなの視線が、一斉に沖に向けられた。

沖は覚せい剤に視線を据えた。

「わしに考えがある」

「考え、いうて？」

林がオウム返しに訊ねた。

「仲卸しにまとめて売るんじゃ」

「仲卸し――」

高木が不思議そうにつぶやく。

「おお、そうよ」

沖はにやりと笑った。

「仲卸しをあいだに挟みゃァ、儲けは半分になるが、その分、シャブを安全に現金へ換えられる」

三島が沖の目を覗き込むように見た。

「広島じゃァ、無理で。噂はあっという間に広まる。仁正会も黙っとらんじゃろ。第一、いま動いたら、サツに両手を差し出すようなもんじゃ。昔と違うて、駅も道路も、監視カメラがうじゃうじゃあるんで」

沖は首をぐるりと回した。

「わしらが動かんでもよ。向こうから来させたらええんじゃ」

林が被せるように言う。

「なんぞ伝手でもあるんか」

沖は言葉を区切るように、答えた。

「明石組じゃ。峰岸の兄弟に、頼む」

三島は目を見開いた。あり得ない、といった表情だ。

若い者が、恐る恐るといった態で口を挟む。

「ほいでも、峰岸さんところは……」

沖は肯いた。

「ああ。明石組じゃ、シャブは御法度じゃ。じゃが、そりゃァ建て前よ。枝の組は隠れてシャブを捌いとる。兄弟なら、なんとでもしてくれるじゃろ」

林が嬉々とした表情で膝を叩いた。

「さすが、兄貴じゃ」

「兄弟――」

三島が声を尖らせた。

「峰岸は執行部におるんで。なんぼ、あんたの頼みでも、若頭補佐ともあろうもんが、シャブの仲介はせんじゃろ」

沖は三島を睨んだ。

「なんなら、こんなァ。さっきから文句ばっか垂れおってから」

沖は怒りにまかせて、床のゴザを叩いた。

「わしのやり方に、意見するんか！」

三島と視線がぶつかった。座が静まり返る。

しばらく睨み合いが続いた。先に目を逸らしたのは、三島だった。大きく息を吐き、言葉を発する。

「文句はないよ。あんたが頭じゃ」

三島が折れても沖の苛立ちは収まらなかった。幼馴染みを殺した沖に、言いたいことがあるのはわかる。だから、いままで我慢してきた。しかし、もう限界だった。命懸けの仕事に、いちゃもんをつけることなど許せない。

剣呑な空気を察した林が、わざとらしく声音を変えた。明るい声で取り繕う。

「まあ、今日は飲もうじゃない。祝勝会じゃ」

林の声を合図に、みなが小声で会話をはじめた。各々が酌をし合う。

沖は床に置いた煙草を手に取った。一本抜き出し、口に咥える。

隣から三島がライターの火を差し出した。

首を近づける。

じりじりと、しけった煙草が音を立てた。

三島が煙草を咥え、自分で火をつける。

ふたりは無言で煙草をくゆらせた。

沖は小屋に捨ててあったホタテの貝殻に、灰を落とした。

元のことを根に持つ三島もガキだが、声を荒らげる自分もガキだ。

心のなかで自分に舌打ちをくれる。

林も高木も、ほかのメンバーも、いましがたの険悪な空気を忘れたかのように、酒を酌み交わしていた。それぞれが、己の武勇伝を語っている。今回の襲撃で自分がどれくらい働いたかを、自慢しあっている。

メンバーたちの酔いが深くなった。目は赤く、呂律が回っていない。

沖は煙草を貝殻でもみ消すと、声を張った。

「のう、みんな。この銭を元手によ、広島を手に入れるんじゃ。若い者を揃えて、仁正会のシマを根こそぎ奪いとっちゃる。わしらの手で、広島を押さえるんじゃ！」

林が勢いよく立ち上がる。

「ほうじゃ。広島は呉寅会のもんじゃ。わしら死ぬときゃァ、みんな一緒じゃ！」

高木が深く肯く。

「ほんまじゃ。死ぬ気になって、出来んこたァ、なんもないけん。のう、みんな！」

狭い船小屋に、歓声が響く。

止めても無駄だと諦めたのか、大声をあげても、三島はなにも咎めなくなった。俯いたまま、じっとゴザを見詰めている。

沖は壁板の隙間に目をやった。

暗い海に、仄かな曙光が差している。

会話が、徐々に途切れはじめる。

水平線のあたりが明るくなったころには、みな酔いつぶれていた。床に身体を横たえて、鼾をかいている。起きているのは、沖と三島だけだ。

沖は三島の茶碗に、酒を注いだ。

「林が左腕なら、こんなはわしの右腕じゃ。さっきのことは、水に流して、のう兄弟。まあ、飲めや」

三島は黙ったまま、茶碗の酒を見ている。

沖は三島の肩を叩いた。

「わしはこんながおらんと、やっていけん。こんなも、そうじゃろうが」

三島は唇を真一文字に結び、瞼を閉じた。やがてなにかを決意したように、顔をあげて沖を見る。

酒に強いとはいえ、酔いが回っているのだろう。目が血走ったように、濡れている。沖を見やる目は、射るように尖っていた。

「沖ちゃん、ちいと外の風に当たらんか」

若い頃の呼び名に戻って、三島はぼそりと言った。沖の返事を待たず、ふらつく足で立ち上がる。

三島は黙って小屋の戸口へ向かい、引き戸を開ける。

冷たい海風が、小屋に入り込んでくる。

浜辺に向かい、三島が歩き出す。

茶碗を置き、沖も立ち上がる。

三島のあとに続いて小屋を出た。

水平線の彼方に、太陽が半分、顔を覗かせている。

目を瞬かせた。

蒼暗い海と、オレンジ色に光る空――。

どこかで見た光景だ。

記憶が蘇る。

父親が酔いつぶれて眠ったあと、母親と妹と三人で、家を出て夜通し歩いた。

沖が七つの頃だ。

まだ幼い妹を背負い、母親は沖の手を引いて暗い海に向かった。晩秋だったか、初冬だったか。凍えるような海風が吹いていた。

母親は砂浜で、沖と妹を傍らに座らせ、じっと海を見詰めていた。

死のうとしていたのだ。沖は幼な心に、そう悟っていた。

回想を振り払う。

——どうせ、拾った命だ。いつでも捨ててやる。

沖は三島の背中を見ながら、覚悟を新たにした。

波打ち際まで歩いた三島が、ゆっくりと振り返った。

「のう、兄弟。もうわしら、終いにしようや」

絶句した。

言葉を絞り出す。

「われ、なに言うとるなら」

三島が背を向ける。返答はなかった。

波の打ち寄せる音だけが、辺りに響いた。

二十一章

日岡は呉原東署を出ると、正面玄関の前に設置されている電話ボックスに駆け込んだ。

硬貨を投入するのももどかしく、暗記している電話番号を押す。署内からかけられる相手ではない。そもそも、日岡の携帯は監察に盗聴されている惧れがあった。県警はいま、暴力団と癒着する不良警官の洗い出しに、躍起になっている。

その筆頭候補が自分であることは、日岡も自覚していた。

電話の識別音が流れ、呼び出し音が鳴る。

出ない。

日岡は舌打ちをくれて、腕時計を見た。

午前二時二十分。地下カジノから署に戻ったのは三十分前だ。

日岡は電話ボックスから外を見ながら、電話機を指で弾く。出ろ、出てくれ、と念じる。祈りは通じない。

――ダメか。

落胆の溜め息を吐いたとき、電話が繋がった。

「誰なら」

不機嫌そうな声で、一之瀬が電話に出た。

日岡は受話器を強く握った。

「わしじゃ」

一之瀬の尖っていた声が和らぐ。

「兄弟か。連絡がくると思うちょったが、早いのう」

相変わらず、察しがいい。

「ちゅうことは、烈心会の賭場荒らしの件、耳に入っとるいうことじゃの」

「ああ」

一之瀬が肯定し、険しい声で続ける。

「若いもんから、さっき連絡があった。ちょうど、その件で電話で話しとったところじゃ」

公衆電話から一之瀬の携帯に電話をかけるのは、たいてい日岡だ。しかし、ことの重大さを鑑み、無視していたのだろう。

一之瀬は含み笑いを漏らして言った。

「うちは関係ないで。寝耳に水じゃ」

「そがなことァ、わかっとる。やったんは沖じゃ」

「沖か――」

日岡の目を、眩しい光が刺した。署に戻ってきたパトカーのヘッドライトだ。日岡は手の甲で目を庇い、話を続ける。

「防犯カメラで確認した。目出し帽を被っとったけん、目しか見えんかったが、やつに間違いない」

電話の向こうで、息を吐く気配がする。

「やっぱりのう。いまどき、あがなギャングみとうな真似するんは、虎くらいじゃろう思うとったよ」

「宮西町の件も、おそらく沖じゃ」

「宮西？」

どうやら、宮西町の事件はまだ知らないようだ。

「地下カジノが襲撃されたのとほぼ同時刻に、宮西町の空き家で発砲事件があった。空き家にゃァ烈心会の組員が三人おったんじゃがのう、そのうち、ひとりが撃たれた。やったんは、地下カジノを襲ったやつらと同じ、目出し帽を被った四人組じゃ」

一之瀬の唸り声が受話器から漏れる。

「やりおるのう。こっちも虎の仕業じゃろうて」

パトカーは署の前に停まった。ライトが消える。日岡はパトカーに背を向けて、ガラスに手をついた。

「虎が宮西の空き家に目ェつけたんは——」

最後まで聞かず、一之瀬は間髪をいれず答えた。

「シャブじゃろう」

日岡は顎(あご)を引いた。

「わしも、そう睨(にら)んどる。危険を冒して押し込みかける、いうんは、誰ぞの命取(タマ)りか、シャブしかない」

日岡は一之瀬に訊(たず)ねた。

「兄弟は、宮西に烈心会のアジトがあったこと、知っとったか」

今度は少し間があった。

「いや。じゃが、聞きゃァ肯(うなず)ける話じゃ」

肯けるとはどういう意味か。一之瀬が話を続ける。

「事務所や若い衆の家に隠しとったら、ガサかけられたら一発じゃ。知り合いや女の家も、どこでどうバレんとも限らん。あっこら辺りは人も少のうなったし、いまは寂れとる。空き家も多い。目の付けどころは悪うない」

宮西町は、呉原の外れにある。かつては宿場町として栄えていたが、時代とともに寂れた。

平成に入り、隣町にバイパスが切り拓かれたことが、致命傷だった。宮西町にはこれといった観光名所はない。交通の便が悪くなったことで、ただでさえ遠のいていた人足が、さらに途絶えた。旅館や商店も、櫛の歯が欠けたように暖簾を下ろした。いまは過疎化が進み、住人の半数以上が高齢者だ。

一番知りたかったことを訊ねる。

「カジノはともかく、沖らはなんで、シャブの隠し場所までわかったんじゃろ」

沈黙があった。考えているのか、答えていいか思案しているのか。やがて、一之瀬は静かに答えた。

「林じゃ。呉寅会へ入って来る情報はみな、あいつを通して虎の耳に伝わっとるはずじゃ」

日岡は眉間に皺を寄せた。

林はたしかに、広島地下社会の情報通として知られている。だが、いくら林でも、敵対する烈心会のお宝の在り処を探り出すのは、不可能だろう。

そう口にすると、一之瀬はふっと、鼻から息を抜いた。

「林はのう、烈心会のなかにスパイを飼うちょるいう噂で」

「なんじゃと」

意図せずして、声が裏返る。

林は呉寅会の幹部だ。三島や高木と同じ立場だが、呉寅会のなかでの重要性は、ほかの幹部より劣ると見ていた。

林の情報は、呉寅会にとってなくてはならないものだろう。しかし、組織にとって貴重なのは、なんといっても身体を張れる者だ。片腕がない林は、身体を張れない。呉寅会のなかで、四番手、五番手だと思っていた林が、スパイを飼っている。日岡にとっては意外な話だった。

「林がそんなタマか」

思わずつぶやく。

日岡の驚きに、一之瀬は確信ありげな口調で言った。

「弱みを握っとるか、金で飼い馴らしとるんか知らんが、林の情報源はそいつじゃろ」

日岡は声を失った。

組内の情報を林に流していると組にバレれば、ただではすまない。凄絶なリンチのうえ、殺られるのは火を見るより明らかだ。どんな理由であれ、命を賭けてまで林に協力することなどあり得るのか。

沈黙から、日岡の疑問を察したのだろう。一之瀬が言葉を繋いだ。

「性根のない極道はのう、自分さえ助かりゃァええ思うとる。組がどうなろうと、仲間がどうなろうと、知ったこっちゃない。バレさえせんかったらええんじゃ。明日の飯より、今日のおまんまのほうが、大事。そう思うとる極道は、山ほどおる」

バレなければいい。あまりの短絡的な考えに、舌打ちが出る。

「なんでそいつは、林を殺さんのじゃ」

頭を擡げた疑問が、日岡の口を衝いて出た。

スパイをしている理由が弱みを握られているからだとしたら、弱みを知っているやつを消せばいい。そいつがいなくなれば、安全だ。

一之瀬が答える。

「林はああ見えて頭が切れるけん、安全保障つけとるんじゃろ」

もし自分の身になにか起きれば、自動的に表沙汰になる、ということか。

「おそらくそいつには、銭が渡っとる。弱みだけじゃァ、人はそうそう動かん。欲得がからんではじめて、人は人を裏切る。林はその辺がわかっとる。飴と鞭を使い分けとるんじゃろ」

日岡は腕時計を見た。

電話が繋がって、五分が経っている。公衆電話を使っている姿を、なるべく人に見られたくない。探られれば痛い腹だ。

日岡は話を切り上げることにした。

「兄弟。沖らの居場所、なんぞ情報が入ったら――」

「わかっとる」

一之瀬が言葉を被せるように言う。

「あんたに真っ先に知らせるよ」

日岡は心のなかで頭を下げた。

「助かるわい」

「呉原でこれ以上、騒ぎが起こるんは、わしらも困るが、堅気が難儀する。厄ネタは、警察の手で始末してもらうんが、一番ええ」

そう言うと、一之瀬は電話を切った。

日岡はあたりに人がいないことを確認して、電話ボックスを出た。

二課に戻ると、司波が駆け寄ってきた。息を切らして言う。

「どこに行かれとったんですか。みんな探しとったですよ」

「便所じゃ。便所」

それだけ言って、自分の席に腰を下ろす。

二課は騒然とした空気に包まれていた。警察無線からの連絡がひっきりなしに流れ、所轄の係員と、県警本部から駆け付けた応援の捜査員が入り乱れている。

「わしがおらんあいだ、なんぞ、なかったか」

日岡は司波に訊ねた。

「これといった有力情報は、まだ上がっとりません」

日岡は椅子の上で腕を組んだ。

主要道路は、管区機動隊と近隣の所轄交通課が封鎖し、十重二十重(とえはたえ)に検問が敷かれていた。

事件発生後、東署の捜査員には緊急呼び出しがかかり、署長をはじめとする幹部も、全員、顔を揃えている。署の取調室はすべて、地下カジノの目撃者と、宮西町の事件現場で拘束された烈心会組員の取り調べに充てられていた。

司波が屈(かが)みこむようにして、日岡の耳元に口を寄せた。

「係長から、吉野作治(よしのさくじ)の取り調べをするよう、班長に指示が出とります」

「吉野を？」

日岡は司波を睨んだ。

吉野は地下カジノの常連客だ。地元で老舗(しにせ)の饅頭屋(まんじゅうや)を経営している。沖たちが襲撃したときに、その先頭にいた男だ。

沖は、吉野のあとに続いてカジノに雪崩(なだ)れ込んでいる。共犯の疑いあり、として、目撃者のなかでも最重要人物と目されていた。

日岡は司波から視線を外した。

「あがあなもん、他の者に任せといたらええ」

「ですが、係長の命令ですけ」

司波にしてはめずらしく、語気を強めて言う。

日岡は顔だけ、横の司波に向けた。

「吉野は共犯じゃない」

司波が目を見開く。

「なんで、そう言い切れるんですか」

「沖の捜査資料、読んだじゃろうが。あれが情けかけるタマか。生きていくためなら、人殺しなんぞ屁とも思わん男で。吉野が共犯じゃったら、その場で殺られとる」

そう言った日岡に、司波はなにか言いかけて、思い直したかのように口を閉じた。

「検問のほうはどうなっとる」

日岡は訊ねた。

「まだ、網に掛かっとらんようです」

「まだ？」

日岡は呆れた。再び司波を見る。

「まだ、じゃあるかい。三時間も経って捕まらんいうことは、もう網から逃げとる、いうことじゃ」

斜向(はす)かいの席で、目撃者の取り調べを終えた田川が、調書を挟んだファイルを団扇(うちわ)代わりにしていた。人いきれにやられたのだろう。

「班長」

田川が、疲れ切った声で日岡に声をかけた。

「捜査会議は朝七時から、いうて聞いとりますが、わしら徹夜ですかねぇ」

横から坂東が口を挟む。

「当たり前じゃろうが。たぶん、明日も徹夜かもしれんで」

死傷者を出す発砲事件が立て続けに起きたのは、暴対法施行以後、県内でははじめての事案だった。全国的に見ても、特定危険指定暴力団に認定された九州の高倉(たかくら)連合一家に次いで、二件目のケースとなる。

警察庁はすでに、この事件を特別重要案件として、早期の犯人検挙を広島県警に指示したようだ。

朝の捜査会議には、本部の刑事部長らお歴々に交じって、本部長自らが出張るとの情報もある。

「Nシステムのほうは、どうなっとる」

日岡は坂東を見た。

「宮西町のほうは、二人乗りしたバイクが二台逃げとります。捜査支援係のほうで防犯カメラの解析に当たっとりますが、吉兼町のコンビニの前を、猛スピードで走り去るバイクが映っとったようです。その後の足取りは、まだ摑めてません」

逃走経路の方角はあたりがついたらしい。

日岡は田川に首を向けた。

「地下カジノのほうは」

田川が答える。

「黒のセダンが、現場から逃走しとります。ナンバーは泥で汚されていて、確認がとれんのですが、深川町の国道でNシステムに引っかかっとります。じゃが、そのあとは国道にも県道にも、痕跡はありません」

深川町のあたりは、脇道が多い。Nシステムの目を逃れ、横へ逸れたか。

日岡は天井を見上げた。多くの町がそうであるように、呉原市も中心街を除くと、防犯カメラの設置件数はがくんと下がる。逃走した車両、バイクの後足を見つけるのは、困難を極めるだろう。

沖が隠れるとすればどこか。市内か。それとも市外か。

「日岡！」

思考を、怒声が遮った。

声のほうを見ると、石川係長が二課のドアの前で日岡を睨みつけていた。

ている。

大股で、日岡の席に向かってくる。顔は真っ赤に染まり、こめかみには青筋が立っている。

石川は目の前まで来ると、机を両手で叩き、日岡のほうに身を乗り出した。

「わりゃァ、ようも、わしに恥かかせてくれたのう」

押し殺した声が、逆に怒りの強さを感じさせる。

日岡は石川を睨み返した。

「係長。恥じゃのなんの、言うとる場合じゃないでしょ。こっちも必死こいてやっとるんですよ。いったい、どうせい言われるんですか」

「そがあなこと、言うとるんじゃないわい！　うちの管内でこがな大事件起こしくさって、わしの面子が丸潰れじゃ」

「恥？　面子？」

石川の言葉に、怒りがこみ上げてきた。石川に言い返す。

「それがなんぼのもんですか。あんた、人の命より、自分の面子を先に口にするんですか」

石川が自分の手柄しか考えない人間であることは、前々からわかっていた。だが、いま、自分の部下が徹夜覚悟で捜査し、多くの捜査員が沖たちを血眼で探している。こんな切迫した状況下で、なお自分のことしか考えない石川に、吐き気がした。

一度、沸き上がった怒気は、治まらなかった。絶え間なく流れる無線と、鳴り響く電話が、日岡をさらに苛立たせた。

「沖が娑婆に出たとき、なんとかできりゃ、そりゃァよかったでしょうよ。じゃが、なんの容疑もないのに、刑務所帰りじゃいうて、引っ張ることはできんでしょう。それとも、なんぞ嫌疑をでっちあげて、捕まえりゃよかった、言われるんですか。第一、もちいと泳がせえ、言われたんは誰ですか！」

警備を二十四時間態勢にできていたら、沖たちの襲撃も防げていた。

気づいたら、椅子から立ち上がっていた。

まわりの者の視線が、二人に集まっている。

石川は身体を震わせ、吼えた。

「お、お前……お前が、せ、責任とるいう話じゃないか！」

喚きながら、口から泡を飛ばす。もはや、子供の喧嘩だ。

日岡は椅子に尻を戻した。下から石川を見据える。

「責任じゃったら、なんぼでもとりますよ。この件が片付いたらわしは——」

辞表という言葉を口にしようとしたとき、強く袖を引っ張られた。後ろを見る。司波だった。

日岡が言わんとしていることを察したのだろう。日岡に向かって、小さく首を振る。

頼むから言わないでくれ、そう目が訴えている。

日岡は言いかけた言葉を飲み込んだ。

いまは石川の御託にかまっている暇はない。これ以上、沖たちが事件を起こさないよう、一秒でも早く捕らえることが肝心だ。

日岡は部下の顔を見渡した。

「ええか、みんな。手柄なんぞ、どうでもええ。面子なんぞいらん。そがなもん、本部の人間にくれちゃれ。じゃけん、この事件の始末は、わしらがきっちり取る。どがあな手を使うてでも、沖にワッパをかけるんど。ええの！」

部下たちが、一斉に肯く。

日岡は視線を、石川に向けた。

「のう、係長。あんたは、あそこで――」

上席に顎をしゃくった。

「じっと座っとってくれ」

石川が唾を呑み込むのがわかる。

「日岡、お前……」

あとの言葉は聞かなかった。

拳を握りしめて震えている石川を無視し、机に呉原の地図を広げた。

二十二章

沖は三島の前に回り込んだ。押し殺した声で、同じ言葉を口にする。

「われ、本気で言うとるんか」

三島が深い溜め息を吐く。水平線を見やりながら言った。

「ああ、本気じゃ」

突風が吹いた。開いた口のなかに、砂の粒子と潮風が入り込んでくる。異物を一掃するように、沖は口腔に唾を溜め、砂浜に吐き捨てた。


三島と元が、沖の仲間になったのは、小学校二年生のときだ。学年やクラスは違うが、ふたりのことは、前から知っていた。沖と同じで家庭に問題があり、児童のあいだで浮いた存在だったからだ。

元は、あだ名で呼ばれていた。ガリボロだ。いつもボロボロの服を着て、ガリガリに痩せていたからだ。同級生はそう言って、元を小突き、馬鹿にしていた。

同じような服装と体形をしていた沖がガリボロと呼ばれなかったのは、沖が喧嘩に強かったからだろう。

みすぼらしい恰好をしている沖を、冗談半分にからかうやつはいた。沖はそいつらを、決して許さなかった。相手が上級生であろうと大人数であろうと、遮二無二立ち向かっていった。満足に食事もとれず、貧弱な身体だった当時でさえ、喧嘩に負けたことはなかった。

子供同士の喧嘩とはいえ、沖は手加減しなかった。組み伏せられても耳に嚙み付き、隙を衝いて金的を蹴り上げた。殴られても蹴られても、血を流しながら挑んでくる沖に、誰もが恐れをなした。

いつしか、沖をからかう者は、近隣の中学生にさえ、ひとりもいなくなった。

だが、元は沖と真逆だった。同級生どころか、歳下からいじめられても、言葉ひとつ返せなかった。地面にしゃがみ込み、頭を抱えてその場にうずくまって、じっとしていた。蹴られても殴られても、嵐が通り過ぎるのを、ただ待つだけだった。

世の中は、単純だ。強い者が弱い者に勝ち、肉を喰らう。弱肉強食の原理を、倫理や道徳といったもので、大人は捻じ曲げてみせる。

困っている人を見たら助けましょう――そんな教師の言葉を耳にするたびに、沖は心のなかで唾を吐いた。

人間は神様じゃない。道徳が腹を満たしてくれるのか。どんな綺麗ごとを並べようと、結局は我欲のためだけに生きている。それが人間だ。

親父を見ろ。養うべき自分の女房と子供に、平気で暴力を振るう。わずかな蓄えも、子供の給食費さえも、容赦なく掻っ攫っていく。周囲の人間は、同情はしても、身を引き摺るように生きる悲惨さの坩堝から、助け出してくれることはない。みな、自分の身がかわいいからだ。

しかし、偽善という名の仮面を被る術を知っているだけ、大人はまだましかもしれない。

本能のまま行動する子供は、大人以上に質が悪い。感情の赴くまま、平気で人を痛めつける。

たまに見かける元は、いつも小突かれていた。多くのいじめがそうであるように、理由など、あってなきに等しいものだった。汚いだの、臭いだの、気持ち悪いだのと、声を揃えて囃し立てていたが、そんなことは本質ではない。本音は、自分たちより下位に蔑むべき対象を作り、いじめる者同士の仲間意識を高め、優越感に浸りたいだけだ。

その日も、元はいじめられていた。

沖が学校から帰るため、裏門から出ようとしていたときだ。校庭の隅にある水飲み場からすすり泣く声が聞こえた。元を取り囲んだ同級生四人は、頭から水をかけ、掃除用具のモップで、元の全身を擦っていた。人間の丸洗い——師走の寒い時期だった。

その日に限って、なぜ元を助けようと思ったのか、自分でもわからない。虫の居所が悪かったのか、いじめているやつらが気に喰わなかったのか。いずれにしても、自分のなかに抑えつけられないほどの、暴力衝動が突き上げてきた。

気づいたら、背後から、モップを振るう同級生を蹴り倒していた。

もんどりうって倒れた同級生は、振り向きざま、沖の顔を見た。口を開け、驚愕の表情を浮かべている。同学年一の悪として知られる、タクシー会社の社長の息子だった。

残りの三人は、そいつの腰巾着だ。

沖は口の端をあげた。

こいつとはまだ、遣り合ったことはない。身長も高く、がっしりとした体格は、高学年と見紛うばかりだ。暴力衝動を解消する敵として、持ってこいの相手だ。

仲間の手前、こいつは引き下がれない。そう沖は踏んだ。

案の定、社長の息子は立ち上がるやいなや、唸り声をあげ、沖に飛び掛かってきた。

沖は頭を低く下げ、足元にタックルをかけた。

倒れた相手に馬乗りになり、拳を振るう。

が、社長の息子は、沖の右手を、太い腕でがっしり受け止めた。

体格差にものをいわせ、たちまち体を躱（かわ）し、沖を組み伏せる。

腰巾着が三人がかりで、沖の手足を押さえつける。

身動きが取れない沖の喉輪（のどわ）に、社長の息子の両手が絡み付いた。

意識が遠ざかる。

——落ちる。

そう思った瞬間、喉元を絞め付ける手の力が緩んだ。

喘（あえ）ぐように、空気を貪（むさぼ）る。

荒い息を吐きながら、顔をあげた。

社長の息子は鼻から血を流し、地面をのたうち回っている。誰かに顔を蹴り上げられたのだ。

側には、見覚えのある少年がいた。三島だった。

元が学校の鼻つまみ者なら、三島ははぐれ者だった。誰かと一緒にいるところを、見たことがない。周りが三島に近づかないのか、三島が他人と打ち解けないのかはわからないが、三島は当時から、人を寄せつけない空気を纏（まと）っていた。

立ち上がった沖は、三島とふたりで、四人組を片っ端から殴りはじめた。地面に倒れた者には、蹴りを食らわす。泣き喚（わめ）いても、許さなかった。四人が地べたに転がり、動かなくなるまで、殴り続け、蹴り続けた。

元はただ茫然と、殴り合いを見ていた。

四人が動かなくなると、沖は三島に笑いかけた。

三島が小さく肯き、笑みを返す。

沖は、座り込んだままの元の頭を、軽く叩いた。

「おい、帰るど」

その喧嘩のあとから、三人はいつも一緒に行動するようになった。誰からともなく集まり、毎日のように顔を合わせてきた。広島の隠れ家で逮捕されるまでずっと、同じ場所で、同じ空気を吸ってきた。血の繋がった肉親以上の、分身ともいえる存在だった。

にもかかわらず、元は裏切った。そしていま、三島も離れようとしている。

怒り、悔しさ、殺意にも似た憎悪、果てしない孤独――様々な感情が胸に渦巻き、脳が沸騰した。

「なんでじゃ」

沖はようやく声を絞り出した。

三島は浜の先にある松林に向かって、顎をしゃくった。

「ここは寒いけん、ちぃと歩かんか」

松林の陰には、ランドクルーザーが隠してある。林が盗んできたものだ。

地下カジノを襲ったあと、使ったセダンを農道で捨て、ランドクルーザーに乗り換えた。捜査の目を晦ますためだ。

殺した元を運んだのも、この車だ。

元をこの世から消したのが、遠い昔のことのように感じる。

あの夜、元の死体を積んだ車の助手席で、沖はわざと軽口を叩いた。

「いまは楽になったのう。昔は車もないし、道もなかった。リヤカー引いて、ひいひい言いながら、親父を運んだよのう」

夜の山道を、右に左にハンドルを切りながら、感情のこもらない声で三島が言った。

「沖ちゃん。場所、覚えとるか」

沖は真っ暗な外を見ながら答えた。

「忘れるかい。でかい一本松のところじゃ」

山頂付近で車を降り、目印の松を探す。

崖下に、月明かりに映し出された大きな松の木があった。父親を埋めた二十八年前と比べ、ずいぶん丈が伸び、ひとまわり幹が太くなっている。沖は改めて、時の流れを感じた。

自分を苦しめた者、裏切った人間は、同じ墓に埋める。元を殺す前から、沖はそう決めていた。沖と三島は崖下に下りると、一本松の根元をスコップで掘り、元を埋めた。

つい十日ほど前のことだ。

浜の端まで歩き、松林を少し入ると、黒い車体が見えた。いまの、唯一の足ともいえるランドクルーザーだ。

三島は無言で、沖の前を歩いていく。

沖はベルトの後ろに差した拳銃を意識しながら、三島のあとに続いた。

三島が、車のキーで解錠する。三島は運転席に座り、沖は助手席に乗り込んだ。車のなかは冷え切っていた。三島がエンジンをかけると、沖はエアコンをつけた。送風音が車内に響く。最初は冷たかった風が、徐々に温風に変わった。

三島が背広のポケットに右手を入れた。重い口を開く。

「のう、兄弟」

沖はフロントガラスの先に視線を据え、ぶっきらぼうに答えた。

「なんじゃ」

「よう、聞けよ」

三島が身体を沖に向ける。

「仮にシャブの取引が上手ういったところで、わしら広島から身を躱さんといけん。今度のヤマがわしらの仕業じゃいうことは、遅かれ早かれ、必ずバレる。警察もヤクザも、馬鹿じゃない。こがな無鉄砲やらかすんは、こんなくらいしかおらん、いうことはわかっとる」

三島はひとつ息を吐くと、語気を強めた。

「わしら、広島中の極道と警察を、敵に回すんで」

沖は鼻から息を抜いた。

「そがあなことは、言われんでもわかっとる。じゃがのう、極道はともかく、警察は難(いた)しいで。証拠もないのに、逮捕状(フダ)は取れんじゃろ。万が一、指名手配くろうたとしてもよ、いっとき身を躱しゃァええじゃない」

「よう、考えてみい」

三島が嚙んで含めるように言う。

「いっぺん指名手配くろうたら、広島へは、戻ってこれんので。それでどがあして、広島で天下とるんなら」

沖は言葉に詰まった。

広島で天下をとる、それが沖の野望だった。三島の言うとおり、指名手配をかけられたら、その野心は叶(かな)わない。しかし、このまま引き下がるわけにはいかなかった。

思いつくままを口にする。

「どこぞの地下に潜って、若い者に指図して、仁正会を潰(つぶ)していきゃァええんじゃ。

ほうじゃ、地下帝国よ。わしらの地下帝国を作るのよ！」

咄嗟に口にした言葉が、にわかに現実味を帯びて、沖の頭のなかを駆け巡った。

「地下に潜り込んで、地上の外道を支配する。考えてみい。やりたい放題じゃ。ほうよ、閻魔様みとうなもんよ。地獄がよ、わしらの天国になるんじゃ！」

口から哄笑が迸る。

沖の笑いが収まると、三島が呆れたように、言葉を漏らした。

「わしは真面目に、言うとるんじゃ」

頭に血がのぼる。大声で言い返した。

「わしも大真面目よ！」

三島が哀れむような目で、沖の顔を見た。

「沖ちゃん。こんなァ、もう終わっとるよ」

三島の言葉が、沖の胸を貫いた。血の気が引き、頭が冷たい幕に包まれる。

「終わっとる？　わしが？」

三島は目を伏せ、肯くように首を折った。

「ああ。終わっちょる」

沖は怒鳴った。

「わしが終わっとるなら、わしについてきたお前も終わっとろうが！」

三島がつぶやく。

「ああ、わしも終わっとる」

沖は三島を睨んだ。

自分は終わっている——としたら、いつからなのか。元を殺したときからか。父親を殺したときからか。それとも、生まれたときからか。

三島が顔をあげ、沖を見る。目に憐憫の情が浮かんでいた。

三島の眼差しは、沖の自尊心を激しく傷つけた。怒りにまかせて、叫ぶ。

「誰が終わっとるんじゃ！　わしは終わっとらん、これからじゃ。これからがわしの時代じゃ！」

三島は諦めたように息を吐くと、ハンドルに左腕を預け、遠くを見やった。

右手はポケットにしまったままだ。

「いつまでこがなこと、続ける気じゃ」

「こがなこと？」

頭が混乱し、意味するところが摑めない。

三島が言い方を変える。

「この先、いったい何人殺したら、気がすむんじゃ」

人数など知ったことではない。沖は三島のほうに身を乗り出した。

「わしを邪魔するやつと、裏切った者は、皆殺しじゃ！」

三島はシャツの胸ポケットから、左手で煙草を取り出した。片手で器用に中身を一本抜いて、咥える。車のシガーライターで火をつけた。

「こんなァ昔、自分の親父を鬼じゃ、言うとったの。自分の欲のためなら、女房も子供も殺す外道じゃ、いうてよ」

親父の話を、なぜ、いま口にする。

三島は目の端で沖を見た。

「自分の欲のためなら、幼馴染みも手にかける――いまはあんたが、外道じゃ」

「違う！」

沖は三島に食ってかかった。

「外道は元じゃ！　自分の命が惜しゅうなって、わしらを売ったんじゃ！　そのうえ、人の女にまで手ェ出して――それで大人しゅう芋ォ引いとれ、いうんか！」

三島が煙草の煙を深く吸い込み、大きく吐き出した。

「なんで、元が裏切り者じゃ、いうて決めつけたんじゃ」

沖は舌打ちをくれた。

「何遍も言うたじゃろうが。わしが刑務所に入っとるあいだ、一遍も顔見せんかったんは、あいつだけじゃ。出所んときも、そうよ。わしを裏切ったけん、顔が出せんかったんじゃ」

「少しは考えんかったんか」

「なにをじゃ」

持って回った三島の口吻が、癪に障る。

「元が裏切り者じゃない、いう可能性を——よ」

胸がざわついた。

喉の奥から、悪寒と不安をない交ぜにした、酸っぱいものが込み上げてくる。

「なにが言いたいんじゃ」

三島は言葉を区切るように、言う。

「二十年前、わしらが笹貫に襲撃かけるいうんを知ったとき大上は、あの馬鹿の命を助けるためにはこれしかない、言うとったが、のう」

まさか——。

沖の心臓が大きく跳ねた。

「われ——なんで大上の言うとったことを知っとるんなら」

三島はゆっくりと沖に顔を向けた。

「そがなこともわからんほど、ほんまに馬鹿なんか」

頭が白くなる。

認めたくなかった。が、そう考えると、沖が出所してからの三島の言動がすべて腑に落ちる。三島は元をかばっていた。

「三島――」

怒りで声が震える。

沖は大きく息を吐くと、ベルトの後ろに手を回した。

「なんでじゃ――なんでお前が――」

三島は沖の目を、じっと見据えた。

「二十年前、わしらは刑務所に入ることで生き延びた。ちいたァ考え直すか、思うたが、せっかく命拾いして娑婆に戻っても、同じことの繰り返しじゃ。わしァもう、こんなにゃァついていけん。終わりにするわい」

沖は奥歯を噛み締めた。

「こんな、元を見殺しにしたんか」

三島は顔色を変えずに言う。

「殺したんは、あんたじゃないの」

「われ、ようも――」

沖は後ろに回していた手に力を込めた。

拳銃を引き抜く。

撃鉄を起こした。

夜明けの海に、銃声が響いた。

二十三章

机に地図を広げた日岡は、襲撃現場の地下カジノと、発砲事件が起きた空き家の場所を、赤ペンで囲った。

「現場は、呉原市内の東端と西端。距離はおよそ五十キロじゃ」

次いで、事件に関係している車両が、Nシステムで最後に確認された場所に標(しるし)をつける。

「地下カジノを襲った黒のセダンは、深川町四丁目の歩道橋。これはその先の農道で発見されとる。空き家がある宮西町から逃げたバイクは、吉兼町二丁目にあるコンビニの防犯カメラを最後に、行方がわかっとらん。この情報を頼りに、いまやつらが潜伏しとる場所を、推定するしかない」

横から覗(のぞ)き込んでいた司波が、地図に手を伸ばした。歩道橋とコンビニを指差す。

「ここことここをまっすぐに繋(つな)ぐと、中心は高松町あたりになりますね。中間地点で互いが落ち合う可能性は、高いんじゃないでしょうか」

日岡は腕を組んだ。

「まっすぐ繋ぎゃァの。じゃが、そがあに簡単にいかんのが、捜査じゃ」

机を囲む部下を見やり、日岡は顎を撫でた。

「事件が起きて、緊急配備が掛かるまで、そう時間はかかっとらん。主要道路の検問は、十重二十重に張られとる。そう簡単に、突破できるわけがない。やつらは少なくとも、市外には出とらん。呉原におるはずじゃ」

日岡は、歩道橋とコンビニの周辺を、大きく指でなぞった。

「高松町、多島町、広瀬町、このあたりは全部、潜伏先の可能性がある」

日岡の向かいに立つ坂東が、重い息を吐いた。

「空きビル、空き家、人里はなれた小屋まで入れたら、何百いうてあるでしょうね」

日岡は椅子に腰を下ろすと、懐から煙草を抜き出し、指で弄んだ。

「班長」

すかさず、司波が咎める。庁舎内は禁煙だ、と言いたいのだ。

日岡は苦笑いを浮かべ、あえて煙草を唇に挟み込んだ。

「わかっとる。咥えるだけじゃ」

火がついていない煙草を唇で揺らしながら、天井を見やる。

――もし、自分が隠れるとすれば、どこを選ぶ。

日岡は目を閉じた。

なにより優先するのは、人目につかないことだ。街中は選ばない。空きビル、空き倉庫、空き家だとしても、一歩外へ出れば、誰かの目に触れる恐れがある。自分なら、人が近寄らない場所を選ぶ。住宅地から遠く離れた地域だ。たとえば、使われなくなった山小屋、あるいは船小屋あたりか。

高松町、広瀬町は扇山の麓にある。多島町は海岸に近い。

——山か、海か。

「日岡」

名前を呼ばれ、日岡の思考は遮られた。

目を開き、声がしたほうを見る。

声をかけたのは、鑑識の木佐貫だった。肩で息をしている。

木佐貫は、事件に使われた黒いセダンの鑑識のため、現場へ出張っていた。呼吸が乱れているところをみると、急いで戻ってきたのだろう。その息せき切った様子から、なにか出たのだと、日岡は察した。

背中を預けていた椅子から、身を起こす。

「なんぞ、出たか」

木佐貫が白い歯を見せ、肯く。

「出た、出た。面白いもんが出たわい」

司波が横から、口を挟む。

「なにが出たんですか」

木佐貫は司波に向かって、にやりと笑った。

「砂じゃ」

「砂？」

司波が口を開くよりも早く、日岡は問い返した。

木佐貫は真面目な顔に戻り、日岡に答えた。

「乗り捨てられた黒のセダンから、砂粒が発見されたんじゃ。運転席と助手席、後部座席のマットにも零れとった。たぶん砂浜の砂じゃと思う。塩化ナトリウムが付着しとる」

「もう、鑑定結果が出たんですか」

驚いた顔で、司波が木佐貫を見やる。

「たったいま帰ってきたんで。出るわけあるまあが」

わかり切ったことを訊くな、という表情で、木佐貫が司波を睨む。

「じゃァ、なして、塩化ナトリウムじゃと――」

その先を言いかけた坂東を、木佐貫は手で制した。

「そがあなもん、舐めてみたらわかる」

「舐める、いうて、大事な遺留品を舐めたんですか！」

呆れたように言い、坂東が大きく口を開いた。

「試料にするにゃァ、お釣りがくるほどあったけ、一粒舐めてみたんじゃ」

悪びれた様子もなく、木佐貫が答えた。

「で——しょっぱかった、と」

日岡は確認した。

「ほうよ。塩分が付着しとる、いうんは間違いない」

何度も小刻みに肯く木佐貫の表情からは、確信が見て取れた。

日岡は頭のなかで、情報を分析した。

呉原市内の主だった海岸の砂を集め、詳細な鑑定を施せば、ある程度の場所は特定できる。が、それには、最低でも一週間はかかるだろう。

——いまは、イチかバチかに、賭けるしかない。

「司波！」

日岡は、隣に立つ司波に、声を張った。

「は、はい！」

語気の強さに気圧されたのか、司波の表情が硬直する。

「お前、すぐに多島あたり一帯の、航空写真を探してこい」

司波が困惑気味に訊ねる。

「航空写真、いうて、どこへ行けばええんでしょう」

日岡は舌打ちをくれた。

「署内のどっかにあるじゃろう。総務へでも行って、聞いてこい！」

司波が慌てて、部屋を飛び出していく。

「坂東！」

続けて、背後にいる坂東を呼んだ。

坂東が、日岡の前に回り込む。

「なんでしょう」

「お前は多島地区の駐在を、警察電話で叩き起こせ。使われとらん小屋がないか、訊き出すんじゃ」

坂東が肯く。駆け足で自席に戻り、受話器を取り上げた。

矢継ぎ早に部下へ指令を出すと、日岡は改めて木佐貫に訊ねた。

「ほかに目ぼしいもんは？」

木佐貫は肩をほぐすように、首をぐるりと回した。

「ようけ指紋が残っとるが、犯人のもんは期待できんじゃろ。いまの時点では、ここまでじゃ」

日岡は机を指で小突いた。

車から指紋が出てくるとは、日岡も考えてはいなかった。リブロンの店内からも、沖たちの指紋は検出されていない。おそらく、手術用の薄い手袋でも嵌めていたのだろう。

電話をかけていた坂東が、受話器の送話口を手で押さえながら、日岡を呼んだ。

「班長！」

少し離れた席にいる坂東に、声を張る。

「なんじゃ！」

「多島港の東出地区の海岸に、それらしいもんがあるそうです！」

日岡は椅子から立ち上がると、卓上の地図を俯瞰した。東出地区の場所を確認する。

黒いセダンが発見された農道と、バイクが最後に確認されたコンビニから東出地区へ抜ける、いまはほとんど使われていない市道があるという。

基本的に検問は、事件が発生した市町村から犯人が逃走しないように張られる。東出地区へ通じるこの市道は、県外へは繋がっていない。犯人が県外へ抜ける危惧がないため、ここに検問は張られていなかった。沖がそれを計算していたかどうかは、わからない。いずれにしても、この市道を使って網から逃れたのは、間違いないところだろう。

「班長！」

またしても、緊迫した声がかかる。

司波だった。ドア付近にいた司波は、日岡のもとへ駆け寄ると、手にした地図を差し出した。市内の航空写真だ。

「班長が言われたとおり、総務にありました」

司波からひったくるようにして航空写真を受け取り、該当地区を探した。

探し当てると、目当てのページを開き、日岡は机の上に置いた。

狭い砂浜の側に、防風林が密集している場所があった。多島港からはかなり距離があり、船着き場もない。林のなかに、ぽつんと小屋があった。

——ここだ。

確信した。理由はない。いままで培ってきた、勘のようなものだ。

立ち上がり、力任せに机を叩いた。

「沖たちを見つけたで！　みんな、支度せい！　防弾チョッキと拳銃装着じゃ！」

部屋の空気が、一瞬で張り詰めた。

部下たちが、一斉に行動に移る。駆けるような足取りで、部屋をあとにした。

日岡は上席に目をやった。

係長席の石川は、我関せず、といった態で手元の書類に目を落としている。

すべては日岡の独断専行、自分はあずかり知らぬことだ——顔にそう書いてある。

日岡は視線を上にずらし、壁にかかっている時計を見た。

午前五時四十分。

東出地区までは、パトカーを飛ばせば二十分で着く。

椅子の背にかけた上着を、素早く羽織った。

日岡は、大上の墓で会ったときの沖を思い出した。

沖の目は、暗い炎を宿していた。その眼差(まなざ)しから感じたものは、希望とか野望といったものではない。やり場のない怒りだ。

沖自身は気づいていないかもしれないが、その怒りは誰かに向けられたものではない。人生の理不尽や不条理といった、己の力ではどうにもできないものに対してだ。

誰かを恨み、憎み、報復したとしても、それは沖が真に怒りを抱いているものの代替でしかなく、飢えがなくなることはない。むしろ、腹が満たされれば前より飢えが怖くなるように、暗い炎はさらに燃え上がっていく。その先にあるのは、自らの火で焼かれる死だ。

大上もそう思ったに違いない。だから、沖を刑務所へぶち込んだ。

日岡の脳裏に、沖の最期が浮かぶ。

胸にふつふつと、熱いものがこみ上げてくる。自分でも理解できない感情だった。

勢いに任せて、壁を蹴り上げる。
背後で石川の短い悲鳴がした。
日岡は無言で、部屋を出た。

エピローグ

一台のランドクルーザーが、国道を逸れ、扇山へ続く脇道へ入った。

サイレンを鳴らし、赤色灯を光らせた数台のパトカーが、すれ違うように国道を通り過ぎていく。

サイレンの音が、徐々に遠ざかる。

車を運転している男が、ちらりとバックミラーに目をやった。

息を大きく吐き出す。

男は前方に視線を戻すと、ヘッドライトをハイビームにした。

曲がりくねった山道を、ライトが照らす。この時期の早朝は、まだ薄暗い。

行き交う車はない。

山全体が、寝静まっている。

カーブに差し掛かると、男はスピードを落とした。前方に目を凝らし、慎重にハンドルを操る。

山頂付近までくると、男は車を停めた。エンジンを切る。

男は車を降りると、でこぼこになったガードレールから、下を見た。山肌が切り落とされたように、急斜面になっている。

男はあたりに誰もいないことを確認すると、トランクを開けた。

なかには、血塗(ちまみ)れの死体が、くの字になって転がっている。

トランクから、死体を抱えるようにして出し、男は一度、地面に置いた。

死体の両手を持ち、身体を引き摺(ず)りながら、ガードレールのそばまで運ぶ。

男は、肺に空気を溜(た)め込んでいたかのように、息を長く吐き出した。身体を屈(かが)め、腰のあたりを、とんとんと叩(たた)く。

車に戻ると、男は、トランクからスコップと懐中電灯を取り出した。

死体を置いた場所に、ゆっくりと足を運ぶ。

男は懐中電灯をつけると、覗(のぞ)き込むようにもう一度、下を見た。なにかを確認したのか、首を縦に、小さく揺らす。

懐中電灯とスコップを地面に置いた。

死体を抱え、上半身をガードレールに乗せる。

そのまま死体の足首を持ち上げ、崖下へ放り投げた。

死体が、木々の間を転がり落ちていく。

やがて、大きな松の根元で止まった。

男は懐中電灯を小脇に挟んだ。ガードレールを跨ぐ。

手にしていたスコップを杖代わりにして、山の斜面を下りていく。

死体のところまでやってくると、男は松の木を照らすように、懐中電灯を傍らに置いた。

上着の内ポケットから、煙草を取り出す。

ライターで火をつけた。
二、三口吸って、咥えた煙草を地面に吐き捨てる。
吸殻が落ちた松の木の根元は、土が黒々としていた。

病葉もない。

男は地面に、スコップを突き刺した。

土を掻きだし、穴を掘りはじめる。

五十センチほど掘ると、人間の手が出てきた。小指が切断されている。

男は手を止めると、死体を穴に放り込んだ。

右手を背広のポケットに突っ込む。

ポケットの布地には、焼け焦げたような穴が開いていた。

男はポケットから、相手を撃った拳銃(けんじゅう)を取り出した。

そのまま、死体の上に放る。

血で汚れた上着を脱ぎ、それも穴へ捨てた。

唇を、真一文字に結ぶ。

男は死体を、上から眺めた。

「どうな？　自分が殺した親父と親友――ふたりと同じ穴へ入る気分は」

男はそう言うと、黙々と土を被(かぶ)せはじめた。

穴を埋め終えた男は、上を見た。明るくなりかけている空に、白い月が浮かんでいる。

男はスコップを地面につき立てると、土のうえに腰をおろし、煙草を咥えた。ライターで火をつけ、時間をかけて根元まで吸う。

煙草がフィルターだけになると、男はそれを地面に放った。

煙が沁(し)みたのか、目は潤んでいた。


（完）

解説

白石和彌（映画監督）

※「孤狼の血」シリーズの核心に触れた内容になっておりますので、シリーズを未読の方はお読みになった上でご覧いただくことをお勧めします。

『孤狼の血』を最初に読んだ時の衝撃は今でもしっかりと体に刻まれている。柚月先生自らが語るように70年代初めに東映で作られた『仁義なき戦い』などの実録ヤクザ映画の世界観をベースとしながら、警察小説として極上のミステリーを入れ込み、そして何より物語の行先を全く予想させないその手腕に圧倒されたのだ。この世界観で物語を紡ぐこと自体が大きな発明で、その手があったか！　と、地団駄を踏んで悔しがった同業の方は多かったのではないだろうか。

「孤狼の血」シリーズの面白さは巧みなストーリーだけではなく、際立ったキャラクターの個性による所も大きい。大上と日岡はもちろん一ノ瀬やチャンギン、『凶犬の眼』の国光、本作の沖、三島、元など、どのキャラクターもまるで実在しているかのように生き生きとしている。それは端々まで行き渡った台詞の生々しさやちょっとしたことのエピソードの積み上げが分厚いからに他ならない。柚月先生とお話しすると広島の取材で出会った、その道では逸物な人たちの楽しく愉快な話がゴロゴロと出てくる。どのエピソードも小説から溢れ落ちるには勿体ないものばかりで、そこから厳選されたエピソードがキャラクターと物語の厚みを作っているのだ。『仁義なき戦い』は広島弁のシェイクスピアと称されて名台詞をたくさん生み出したが、「孤狼の血」シリーズも決して引けを取らないキャラクターと名台詞の宝庫であると言えるであろう。ぜひ読者の方もシリーズの中からお気に入りの台詞を探してみてほしい。広島弁の台詞を並べるだけでも楽しい。

　私は幸運にも『孤狼の血』の映画化の監督という大役を務めさせて頂いた。大上役に役所広司さん、日岡役に松坂桃李さんというこれ以上ない布陣で臨み、多大な評価を頂けたのも柚月先生の原作の素晴らしさあってこそである。映画化の作業の中で私がもっとも心動かされ、かつ慎重に取り組んだのは継承の部分である。2時間という映画のランニングタイムの中で大上が居なくなってからの30分が映画の成否を決める肝だと考えていた。むろん孤独な狼の血を継承するのは日岡しかいないわけではあるのだが、その構造がシンプルであるからこそ一筋縄ではいかない。最後の30分が映画として上手くいったかどうかは見て頂いた方に委ねるとして、日岡は大上の弔い合戦を自分なりの形で成就した。だが大上を継承するという点においては、それはほんの入り口だったのである。冷静に俯瞰して見れば、そりゃそうである。継承とは言っても大上とでは貫目が違い過ぎるし、同じことをやっても同じ結果にはなかなかならない。続編である『凶犬の眼』も日岡が大上を継承していく、その過程を描いた作品と読むことも出来る。国光との濃密な遣り取りや慟哭、そういう経験を幾度もして日岡は少しずつ大上に近づいていく。

さて、本作である。日岡の大上化というある種のビルドゥングスロマンを期待すると、いきなり梯子を外され、冒頭のプロローグから度肝を抜かれることになる。土砂降りの雨の中、必死にリヤカーで何かを運ぶ三人の少年たちの緊迫した様子にいきなり心臓を鷲掴みにされる。クライム小説としてこれ以上無い完璧な出だしだ。ちなみに柚月先生の作品のプロローグはいつもミステリアスで映画的で視覚や聴覚、嗅覚などの五感を刺激して思わず声が出てしまうほどに素晴らしい。本章が始まり、日岡が登場するかと思いきや、現れるのは大上である。また大上に出会えたのが無性に嬉しくなる。『孤狼の血』の時から物語の大きなポイントになっていた大上の過去が次第にめくれ、大上という人物にさらに奥行きが生まれる。読み進めれば合点がいく流れである。

本作では沖という無軌道で暴力に突き進む男を軸に物語が進んでいくが、沖が刑務所に入るまでを大上が、そして出所してからを日岡が対峙することになる。ちなみに沖に象徴されるような暴力がどこから来るのかという根源的な問いは、私も一映画作家としていつもテーマにしていることの一つなので、どこか柚月先生と通底していることを感じることが出来て無性に嬉しかった。

　沖が出所してからの日岡は目の覚めるような頼もしい刑事へと変貌を遂げている。『凶犬の眼』から十五年近い年月が経ち、刑事として酸いも甘いも経験したであろうことは容易に想像出来るから当然かもしれない。部下への的確な指示の出し方と嫌な上司のいなし方も申し分ない。だが、いやだからこそなのか、前半の大上と比べると、どうしても日岡に物足りなさも感じてしまう。昭和の時代から平成の時代へと変わり、世の中がめちゃくちゃなことを出来なくなったこともあるかもしれない。だが、それだけではないはずだ。それが証拠に、日岡は沖が事件を塒で犯す時も、そして潜伏先を見つけて出動してからも肝心な場面には間に合わない。思い返せば大上を失う時も、国光の時も日岡はやはり何か一歩間に合っていなかったのかもしれない。私はその昔、とある先輩監督から飲みの席でしみじみと言われたことがある。「青春ってのは常に間に合わないもんなんだよ」。自分を振り返るといつも何か肝心なことに間に合っていない気がすると、その言葉を聞いてえらく得心した覚えがある。その法則に照らし合わせると、まだ日岡は青春の真っ只中というか、成長し大上を継承する最中なのだなとつくづく思い至り、そしてハタと気付くのだ。これは明確に柚月先生の意図したものではないだろうか、と。

「このままでは日岡は終われないです」と私に言ったのは『孤狼の血LEVEL2』を撮り終えた直後の松坂桃李だ。そのことは小説版の日岡も思っているのではないだろうか。シリーズを通してのビターな読後感を考えると、日岡の未来をあまり想像したくはなくなるが、たとえどんな未来が待っていようとも見届けたいと思うのはファンの心理だ。日岡が真の孤狼を継承した姿を私も一ファンとして心の底から読んでみたい。きっと多くのファンもそれを望んでいるはずだ。もうすぐ日岡の年齢は大上を越える。

本書は、二〇二〇年三月に小社より刊行された単行本を加筆修正し、上下に分冊のうえ、文庫化したものです。

本書は、フィクションであり、実在の個人・団体とはいっさい関係ありません。

暴虎の牙　下

柚月裕子

令和5年 1月25日　初版発行

発行者●山下直久

発行●株式会社KADOKAWA
〒102-8177　東京都千代田区富士見2-13-3
電話　0570-002-301(ナビダイヤル)

角川文庫 23496

印刷所●株式会社暁印刷
製本所●本間製本株式会社

表紙画●和田三造

ISBN 978-4-04-112758-2　C0193

◇◇◇

角川文庫発刊に際して

角　川　源　義

第二次世界大戦の敗北は、軍事力の敗北であった以上に、私たちの若い文化力の敗退であった。私たちの文化が戦争に対して如何に無力であり、単なるあだ花に過ぎなかったかを、私たちは身を以て体験し痛感した。西洋近代文化の摂取にとって、明治以後八十年の歳月は決して短かすぎたとは言えない。にもかかわらず、近代文化の伝統を確立し、自由な批判と柔軟な良識に富む文化層として自らを形成することに私たちは失敗して来た。そしてこれは、各層への文化の普及滲透を任務とする出版人の責任でもあった。

一九四五年以来、私たちは再び振出しに戻り、第一歩から踏み出すことを余儀なくされた。これは大きな不幸ではあるが、反面、これまでの混沌・未熟・歪曲の中にあった我が国の文化に秩序と確たる基礎を齎らすためには絶好の機会でもある。角川書店は、このような祖国の文化的危機にあたり、微力をも顧みず再建の礎石たるべき抱負と決意とをもって出発したが、ここに創立以来の念願を果すべく角川文庫を発刊する。これまで刊行されたあらゆる全集叢書文庫類の長所と短所とを検討し、古今東西の不朽の典籍を、良心的編集のもとに、廉価に、そして書架にふさわしい美本として、多くのひとびとに提供しようとする。しかし私たちは徒らに百科全書的な知識のジレッタントを作ることを目的とせず、あくまで祖国の文化に秩序と再建への道を示し、この文庫を角川書店の栄ある事業として、今後永久に継続発展せしめ、学芸と教養との殿堂として大成せんことを期したい。多くの読書子の愛情ある忠言と支持とによって、この希望と抱負とを完遂せしめられんことを願う。

一九四九年五月三日

角川文庫ベストセラー

孤狼（ころう）の血　柚月裕子

広島県内の所轄署に配属された新人の日岡はマル暴刑事・大上とコンビを組み金融会社社員失踪事件を追う。やがて複雑に絡み合う陰謀が明らかになっていき……男たちの生き様を克明に描いた、圧巻の警察小説。

凶犬の眼　柚月裕子

マル暴刑事・大上章吾の血を受け継いだ日岡秀一。広島の県北の駐在所で牙を研ぐ日岡の前に現れた最後の任侠・国光寛郎の狙いとは？　日本最大の暴力団抗争に巻き込まれた日岡の運命は？『孤狼の血』続編！

小説　孤狼の血　LEVEL2　原作／柚月裕子　映画脚本／池上純哉　ノベライズ／豊田美加

呉原東署の刑事・日岡秀一。大上の遺志を継ぎ広島の裏社会を治める刑事・日岡秀一。だが出所した五十子会の〝悪魔〟上林により再び抗争の火種が。完全オリジナルストーリーの映画「孤狼の血　LEVEL2」ノベライズ。

最後の証人　柚月裕子

弁護士・佐方貞人がホテル刺殺事件を担当することに。被告人の有罪が濃厚だと思われたが、佐方は事件の裏に隠された真相を手繰り寄せていく。やがて7年前に起きたある交通事故との関連が明らかになり……。

検事の本懐　柚月裕子

連続放火事件に隠された真実を追究する「樹を見る」、東京地検特捜部を舞台にした「拳を握る」ほか、正義感あふれる執念の検事・佐方貞人が活躍する、司法ミステリ第2弾。第15回大藪春彦賞受賞作。

角川文庫ベストセラー

検事の死命　柚月裕子

電車内で痴漢を働いたとして会社員が現行犯逮捕された。容疑者は県内有数の資産家一族の婿だった。担当検事・佐方貞人に対し不起訴にするよう圧力がかかるが……。正義感あふれる男の執念を描いた、傑作ミステリー。

蟻の菜園 ―アントガーデン―　柚月裕子

結婚詐欺容疑で介護士の冬香が逮捕された。婚活サイトで知り合った複数の男性が亡くなっていたのだ。美貌の冬香に関心を抱いたライターの由美が事件を追うと、冬香の意外な過去と素顔が明らかになり……。

臨床真理　柚月裕子

臨床心理士・佐久間美帆が担当した青年・藤木司は、人の感情が色でわかる「共感覚」を持っていた……美帆は友人の警察官と共に、少女の死の真相に迫る！著者のすべてが詰まった鮮烈なデビュー作！

ニッポン泥棒 (上)(下)　大沢在昌

失業して妻にも去られた64歳の尾津。ある日訪れた見知らぬ青年から、自分が恐るべき機能を秘めた木来予測ソフトウェアの解錠鍵だと告げられる。陰謀に巻き込まれた尾津は交渉術を駆使して対抗するが――。

魔物 (上)(下) 新装版　大沢在昌

麻薬取締官の大塚はロシアマフィアの取引の現場をおさえるが、運び屋のロシア人は重傷を負いながらも警官2名を素手で殺害、逃走する。あり得ない現実に戸惑う大塚。やがてその力の源泉を突き止めるが――。

角川文庫ベストセラー

悪夢狩り　新装版　大沢在昌

試作段階の生物兵器が過激派環境保護団体に奪取され、その一部がドラッグとして日本の若者に渡ってしまった。フリーの軍事顧問・牧原は、秘密裏に事態を収拾するべく当局に依頼され、調査を開始する。

B・D・T［掟の街］　新装版　大沢在昌

不法滞在外国人問題が深刻化する近未来東京。急増する身寄りのない混血児「ホープレス・チャイルド」が犯罪者となり無法地帯となった街で、失踪人を捜す私立探偵ヨヨギ・ケンの前に巨大な敵が立ちはだかる！

影絵の騎士　大沢在昌

ネットワークと呼ばれるテレビ産業が人々の生活を支配する近未来、新東京。私立探偵のヨヨギ・ケンは、ネットワークで横行する「殺人予告」の調査を進めるうち、巨大な陰謀に巻き込まれていく——。

深夜曲馬団（ミッドナイト・サーカス）　新装版　大沢在昌

作品への手応えを失いつつあるフォトライターが出会ったのは、廃業寸前の殺し屋だった——。「鏡の顔」他、4編を収録した、初期大沢ハードボイルドの金字塔。日本冒険小説協会最優秀短編賞受賞作品集。

天使の爪（上）（下）　新装版　大沢在昌

麻薬密売組織「クライン」のボス・君国の愛人の身体に脳を移植された女性刑事・アスカ。過去を捨て、麻薬取締官として活躍するアスカの前に、もうひとりの脳移植者が敵として立ちはだかる。

角川文庫ベストセラー

疫病神　黒川博行

建設コンサルタントの二宮は産業廃棄物処理場をめぐるトラブルに巻き込まれる。巨額の利権が絡んだ局面で共闘することになったのは、桑原というヤクザだった。金に群がる悪党たちとの駆け引きの行方は——。

螻蛄　黒川博行

信者500万人を擁する宗教団体のスキャンダルに金の匂いを嗅ぎつけた、建設コンサルタントの二宮とヤクザの桑原。金満坊主の宝物を狙った、悪徳刑事や極道との騙し合いの行方は⁉「疫病神」シリーズ‼

繚乱　黒川博行

大阪府警を追われたかつてのマル暴担コンビ、堀内と伊達。競売専門の不動産会社で働く伊達は、調査中の敷地900坪の巨大パチンコ店に金の匂いを嗅ぎつけると、堀内を誘って一攫千金の大勝負を仕掛けるが⁉

燻り（くすぶり）　黒川博行

あかん、役者がちがう——。パチンコ店を強請る2人組、拳銃を運ぶチンピラ、仮釈放中にも盗みに手を染める小悪党。関西を舞台に、一攫千金を狙っては燻り続ける男たちを描いた、出色の犯罪小説集。

破門　黒川博行

映画製作への出資金を持ち逃げされたヤクザの桑原と建設コンサルタントの二宮。失踪したプロデューサーを追い、桑原は本家筋の構成員を病院送りにしてしまう。組同士の込みあいをふたりは切り抜けられるのか。

角川文庫ベストセラー

喧嘩（すてごろ）　黒川博行

ヤクザ絡みの依頼を請け負った二宮がやむを得ず頼ったのは、組を破門された桑原だった。議員秘書と極道が貪り食う巨大利権に狙いを定めた桑原は大立ち回りを演じるが、後ろ楯を失った代償は大きく――？

海の稜線　黒川博行

大阪府警の刑事コンビ〝ブンと総長〟は、東京からやってきた新人キャリア上司に振り回される。高速道路での乗用車爆破事件とマンションで起きたガス爆発。2つの事件は意外にも過去の海難事故につながる。

アニーの冷たい朝　黒川博行

若い女性が殺された。遺体は奇抜な化粧を施されていた。事件は連続殺人事件に発展する。大阪府警の刑事・谷井は女性の恋心を弄ぶ詐欺師の男にたどり着く。刑事の執念と戦慄の真相に震えるサスペンス。

ドアの向こうに　黒川博行

腐乱した頭部、ミイラ化した脚部という奇妙なバラバラ死体。そして、密室での疑惑の心中。大阪で起きた2つの事件は裏で繋がっていた？　大阪府警の〝ブンと総長〟が犯人を追い詰める！

絵が殺した　黒川博行

竹林で見つかった画家の白骨死体。その死には過去の贋作事件が関係している？　大阪府警の刑事・吉永は日本画業界の闇を探るが、核心に近づき始めた矢先、更なる犠牲者が！　本格かつ軽妙な痛快警察小説。

角川文庫ベストセラー

角川文庫ベストセラー

豹変
鬼龍光一シリーズ

今野　敏

世田谷の中学校で、3年生の佐田が同級生の石村を刺す事件が起きた。だが、取り調べで佐田は何かに取り憑かれたような言動をして警察署から忽然と消えてしまった——。異色コンビが活躍する長篇警察小説。

殺人ライセンス

今野　敏

高校生が遭遇したオンラインゲーム「殺人ライセンス」。ゲームと同様の事件が現実でも起こった。被害者の名前も同じであり、高校生のキュウは、同級生の父で探偵の男とともに、事件を調べはじめる——。

ハロウィンに消えた

佐々木　譲

シカゴ郊外、日本企業が買収したオルネイ社は従業員、市民の間に軋轢を生んでいた。差別的と映る〝日本的経営〟、脅迫状に不審火。ハロウィンの爆弾騒ぎの後、日本人少年が消えた。戦慄のハードサスペンス。

新宿のありふれた夜

佐々木　譲

新宿で十年間任された酒場を畳む夜、郷田は血染めのシャツを着た女性を匿う。監禁された女は、地回りの組長を撃っていた。一方、事件を追う新宿署の軍司は、新宿に包囲網を築くが。著者の初期代表作。

鷲と虎

佐々木　譲

一九三七年七月、北京郊外で発生した軍事衝突。日中両国は全面戦争に。帝国海軍航空隊の麻生は中国へ出兵、アメリカ人飛行士・デニスは中国義勇航空隊として出撃。戦闘機乗りの熱き戦いを描く航空冒険小説。

角川文庫ベストセラー

くろふね　佐々木　譲

黒船来る！　嘉永六年六月、奉行の代役として、ペリーと最初に交渉にあたった日本人・中島三郎助。西洋の新しい技術に触れ、新しい日本の未来を夢見たラスト・サムライの生涯を描いた維新歴史小説！

北帰行　佐々木　譲

旅行代理店を営む卓也は、ヤクザへの報復を目的に来日したターニャの逃亡に巻き込まれる。組長を殺された舎弟・藤倉は、2人に執拗な追い込みをかけ……東京、新潟、そして北海道へ極限の逃避行が始まる！

GEQ　大地震　柴田哲孝

1995年1月17日、兵庫県一帯を襲った阪神淡路大震災。死者6347名を出したこの未曾有の大地震には、数々の不審な点があった……『下山事件』『TENGU』の著者が大震災の謎に挑む長編ミステリー。

国境の雪　柴田哲孝

北朝鮮の国家機密と共に脱北した女・崔純子。彼女を国境へと導く日本人工作員・蛟竜。中国全土を逃亡する2人の行方を各国の諜報機関が追う。日本を目指す壮絶な逃亡劇の果てに2人を待ち受けるものは……。

WOLF　ウルフ　柴田哲孝

狼伝説の残る奥秩父・両神山で次々と起こる不可解な事件。ノンフィクション作家の有賀雄二郎は息子の雄輝と共に奥山に分け入るが、そこには驚愕の真相が待ち受けていた……興奮のネイチャー・ミステリ！